湖南省文艺创作扶助基金会
资助出版

毛边的月亮

袁姣素 著

中国书籍出版社

图书在版编目（CIP）数据

毛边的月亮 / 袁姣素著. —北京：中国书籍出版社，2017.9
ISBN 978-7-5068-6445-9

Ⅰ. ①毛… Ⅱ. ①袁… Ⅲ. ①散文集－中国－当代
Ⅳ. ①I267

中国版本图书馆CIP数据核字(2017)第220611号

毛边的月亮

袁姣素　著

策划编辑	李立云
责任编辑	李立云
特邀编辑	许晓梅
责任印制	孙马飞　马　芝
封面设计	罗志义
出版发行	中国书籍出版社
地　　址	北京市丰台区三路居路 97 号（邮编：100073）
电　　话	（010）52257143（总编室）　（010）52257140（发行部）
电子邮箱	yywhbjb@126.com
经　　销	全国新华书店
印　　刷	湖南鑫成印刷有限公司
开　　本	890 毫米 ×1240 毫米　　1/32
字　　数	173 千字
印　　张	7.625
版　　次	2017 年 11 月第 1 版　2017 年 11 月第 1 次印刷
书　　号	ISBN 978-7-5068-6445-9
定　　价	38.00 元

版权所有　翻印必究

◆ 序

月亮之眼

周伟

　　一直喜欢一首叫《诗经·国风·陈风·月出》的民歌："月出皎兮，佼人僚兮。舒窈纠兮，劳心悄兮。月出皓兮，佼人懰兮。舒忧受兮，劳心慅兮。月出照兮，佼人燎兮。舒夭绍兮，劳心惨兮。"

　　无疑，月亮是中国文化的密码，是我国文学艺术中一个古老而优美的绵绵不绝的话题。古代，但凡诗人都对月亮情有独钟，一任月亮的清辉洒满他们长长的诗卷。李白是月亮诗人，他的一首《静夜思》，家喻户晓，千古流传。我最是喜欢他的《月下独酌》："举杯邀明月，对影成三人"；还有他的《把酒问月》："今人不见古时月，今月曾经照古人。古人今人若流水，共看明月皆如此。唯愿当歌对酒时，月光长照金樽里。"吟诵月亮的名句，遍拾皆是，绮丽斑斓，千姿百态：杜甫的"露从今夜白,月是故乡明";王维的"明月松间照,清泉石上流";孟浩然的"野旷天低树,江清月近人";苏轼的"明月几时有?把酒问青天";还有李煜的"无言独上西楼,月如钩。寂寞梧桐深院锁清秋"……

自古以来,在诗人心中,月亮是诗;在画家眼里,月亮是丹青素描;在乡间院落,月亮便是丝竹琴韵,拨弄出一首首经典民歌与纯真童谣。其实,月亮的清辉、明亮、温和、素雅,人的善良、平和、中庸、含蓄,都一一对应,天人合一,相谐相生。

袁姣素的散文,写故乡、写亲情、写爱情、写友情,也写生命、写时代、写困惑及思考,温暖美好,飘逸空灵,真诚朴素,丰沛细腻,深厚广博。在她的作品中,月亮的意象颇为彰显,把唯美的月亮、相思的月亮、孤独的月亮、抒情的月亮、人情的月亮、生活的月亮和哲学的月亮都汇聚在一起。读她的散文,如徜徉在月亮之河里,安静似莲,月华如水,让我们身处繁复喧嚣的世界变得月亮般安详、博大、明亮而有力量。

月亮最容易让人想起童年,想起故乡。小时候,月亮是我们的伙伴,在月亮底下听着妈妈讲那神奇美妙的故事,我们酣然入睡。作者把这种愿望和美好深存于心底,把爱心传递下去。"妈妈讲给我的树杈上月亮的故事,早已经在我的脑子里生根。我会在多年之后,选择某个有轻纱的晚上,摇着鹅毛羽扇,讲给我的孩子听,也许还会讲给孩子的孩子听。我会讲到自己的童年拖毛船的事情,讲到有月光的晚上两颗星三颗星……"(《风花雪月》)

月亮是生活的花，月亮也是爱情的果。那四面环水的小洲，那高大的古树，那松软的青草，那泥土的清香，那湖水一样清澈的眼神，那温润如火苗的桃花唇瓣……在《又见青花》里，作者心灵深处那朵青色的花，是她生命中永不凋谢的那朵爱情花，绝不会枯萎在岁月深处的皱纹里，会在往事的回忆中愈加熠熠生辉，会在回忆的某个瞬间燃烧成永恒。

月亮是农人的节令，月亮也是人文的节令。《圣经》有云：月亮定节令，日头知沉落。在我国农村，中秋赏月，那是丰收的月亮，月光下的牛、羊和金黄的田野，晒谷坪里月光流淌，孩子们捉着迷藏，大人们一个个忙乱着，彼此笑问着今年的收成。就是在雪天雪地里，作者只要心中有月亮，春天的时令也是早早地来临。"因为雪，这座山谷更加静谧。雪落春眉头，依然封锁不住春天的讯息。长满青苔的古树皮的屋顶，袅袅地向外冒着白色的清烟……"（《素雪若心》）是的，诚如作者所言，在农人的眼里，这雪便是棉花和小麦，让人心里踏实和暖和；在寻爱的人心里，这雪是圣洁的神，是坚贞不渝的魂！

在《月光下的一地清辉》里，母亲总是先要敬了月光娘娘，才允许我们一班"细把戏"吃月饼。在那时，农家的月饼是月光娘娘赐予的。以至于作者朦胧中，仿佛觉得在如水的月光下祈祷的母亲便是多年以后的自己。在月光下的一地清辉里，照亮那或远或近的回归之路……作者的不动声色，带给我们更多的感怀和想象。还有那篇《梅花烙》，不仅一直烙在作者的心里，我相信也会永久地烙在读者的心灵深处。

月亮是时间的河流，月亮也是生命之河。《毛边的月亮》

毛边的月亮

开篇写道：在弟弟的世界里，时间如一尾鱼，生活若毛月亮，一切皆有天象。弟弟的人生之路，时代的变化之河，都在作品中月华如水般流过。弟弟早年的"保证书"，在时间的河流中漂洗得像毛边的月亮。多年以后，历尽艰辛和争取，回到故乡又不得不远离故乡，只能常年遥望故乡那轮毛边的月亮。这里，写尽了生活的具象和意象，也写尽了时代的变化和人生的困惑。最后，作者遥望天穹，自言自语：毛边的月亮，也是月亮。《逝水流沙》更为深刻和圆熟，令读者唏嘘不已。当年或欢快或轻缓或湍急的蓼水河一去不复返了，而今那浑浊不堪、水里翻滚着黑黑污垢和黄色沙土的水流像一把柳叶眉刀，每波动一下便要狠狠地往河床上刮上一刀……其实，这一刀一刀，刮在作者的心上，也刮在读者的心上。河上的桥和人，一切的一切，时光荏苒，物是人非。而作者"一次次在故乡的惊叹和高潮中来去，如一条在蓼水河里行走的鱼。朝出夕归，阳光把我的影子一会儿拉成一条长长的细线，一会儿又浓缩成一堆文化的沙丘。"逝水清尘，一指流沙，亘古不变的是作者对故乡的赤诚之心和终极关怀。

月亮是精神的寄托，月亮也是哲学之象。月亮，圆了又缺，缺了又圆。日升则月落，月落则日升。蒹葭苍苍，白露为霜……月亮的哲学，其实无处不在，在每个人的心里，在每一篇文字里。我们知道，上天揽月，曾是古人的一种豪情。而今，世人一个接一个飞上月球，去探寻未知的世界。"透过开满鲜花的月亮，依稀看到你的模样，那层幽蓝幽蓝的眼，充满神秘充满幻想……"

序

　　袁姣素的读书随笔，我觉得不容忽视，有见识，有风韵，有月亮之眼，探寻作品之风骨，表达作者之发现。袁姣素读《漫水》，读到一首会流动的诗，一幅会行走的画；读到一朵暖色的向阳花；读到一种最初的安静，一种精神的皈依，灵魂与家园的回归；读出一种唯美，安详，宁静，返璞归真，简单而有生命的真义。而在读《活着之上》时，袁姣素被小说的主人公聂志远的人生经历深深地震撼着，敬佩主人公这个清高而可怜的知识分子最终还是扼守了心中的那片净土，用自己的血泪默默地坚守着作为知识分子的人格尊严和良知，让我们从生活本身懂得生命的终极意义，懂得活着，与活着之上……

　　月亮，世上最美的东西是她，世上最引为知己的是她，世上最深邃的是她，世上最永恒的也是她，世上最未可知的还是她。有人说，世上本无月亮。我说，心中有，就会有。其实，每个人的心中，都有一个月亮。

　　月出，皎兮，素兮，皓兮，照兮。月兮在天，其华粲粲，其文灼灼。

　　月亮散文，鲜活在月亮的眼里；月亮之眼，明亮在每个人的心里。

　　　　　　　　　　（作者系国家一级作家，中国作家协会会员，
　　　　　　　　中国散文学会理事，湖南省散文学会副会长）

目录 CONTENTS

第一辑　素雪若心

素雪若心　　　　　　　　　　　／002
又见青花　　　　　　　　　　　／005
风花雪月　　　　　　　　　　　／009
如风吟　　　　　　　　　　　　／017
月光下的一地清辉　　　　　　　／021
散章五题　　　　　　　　　　　／024
从湘江起航　　　　　　　　　　／028
秋韵流华　　　　　　　　　　　／032
破碎的永恒　　　　　　　　　　／035
草儿疯长　　　　　　　　　　　／037
有一种爱，由心而生　　　　　　／039
你若安好，便是晴天　　　　　　／042

第二辑　生命如水

捡拾生活素简里的爱　　　　　　／048

蓼水"雨来"	/059
凤凰之约	/063
那年，那月	/066
生命如水	/070
春风沂水	/073
往事是一朵木棉花	/077
春望草木深	/085
蓼水之湄	/088
梅花烙	/092
夜幕下的少年	/095
老潇	/099

第三辑　逝水流沙

毛边的月亮	/104
执手年华看吾乡	/114
阎真之"真"	/124
一方山水，秋韵流华	/129
花样少年	/133
会唱歌的草	/143
逝水流沙	/152
阿背还乡	/161
早晨，那朵跳动的红云	/167

第四辑　精神重塑

一朵暖色的向阳花	/ 170
最后的坚守者	/ 174
超越现实与历史之上的精神重塑	/ 178
随风而逝的童谣与情歌	/ 182
一场摆渡灵魂的自我救赎	/ 186
风起云涌，剑胆琴心	/ 189
道法自然	/ 193
赤子孤独了，会创造一个世界	/ 197
我从山中来，带着兰花草	/ 202
活在生灵册中的"桃花源"	/ 205
不忘初心的抵达	/ 209
点一盏心灯行远	/ 212
一个人的自由王国	/ 215
巫水源流长	/ 221
听风听雨听花开	/ 225
田园牧歌与走不出的乡愁	/ 228

第一辑

素雪若心

素雪若心

与雪同行

这是入冬的第一场雪。被放逐的精灵,在原野上翻滚,冰天雪地,如诗如画,堆砌起酸甜苦辣的城。

天空是一块巨大的幕布。远处,驼背的父亲搀扶着母亲,成为天幕下一个小小的黑点。晚风夹着雪花,在他们的脸上肆虐,飞扬的银丝如雪,刺痛了这夜空下的深沉。

村庄,成为他们的参照物,单薄如斯,大地一片苍茫。

一抬脚,就想起母亲弯下身去捡拾沉重饱满的稻穗。黑土地上,滚动着庄稼人的汗珠,如天上积压的黑云包裹着一场即将落下的暴雨。那粗大的雨点砸在心坎上,让那个最柔软的部位生疼生疼。

雪花飞舞,雪是吉祥的象征,他选择今夜与雪同行。

远方,是否有春暖花开?村里的小芳,是否正在那个漂流的驿站翘首以盼?他带着雪同行,这纯洁的精灵洗涤着他暗处的隐痛。他加快了脚步,那一串从村庄通向城市的脚印弯弯曲曲,像一条游走的蛇,寻找着属于自己的那片密林。

不忍回眸,他能感觉到背后安睡的村庄宁静而祥和。伸手接住一片雪花,手掌的温度让它融化成一滴清亮的水珠。哦,掌心化雪,他懂得这不只是一滴流动的水珠,更是一颗晶莹的、沉甸甸的、有温度的泪滴。

他知道,今夜,会有一盏失眠的马灯在风雪中穿越,那羸弱的光线照亮着他回家的路,等待,在那里,直到永远。

雪落无声

因为雪,这座山谷更加静谧。

雪落春眉头,依然封锁不住春天的讯息。

长满青苔的古树皮的屋顶,袅袅地向外冒着白色的清烟,与这天地混为一体。狗没有出来迎接它的主人,也许正窝在灶台边眯着眼睛,想着在春天的序幕里追赶蝴蝶。

殷实的大地,此刻正安然沉睡,被这盐一样的雪花覆盖、润泽,一种生命的力量正从这白雪皑皑的肉身中涌动,霎时间飞舞在天。

是谁在嘎吱嘎吱作响的脚下把积蓄了一冬的暖传递给远

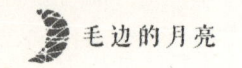

方,让远方的游子听见,让亲人想念?

总是感觉这棉絮一样炫目的白里流淌着温情。是的,在农人的眼里,这雪便是棉花和小麦,让人心里踏实和暖和;在寻爱的人心里,这雪是圣洁的神,是坚贞不渝的魂!

而山谷里正在冬眠的动物,正一个个懒懒地翻身,发出的呓语吸引了白色的羊群,它们窃窃私语,好像发现了密林深处的那一片新天地。

一行人悄然来到这座安静的山谷,雪花静静地在他们的头顶结成冰凌,冒着白色的雾气。这里的原始和淳朴区别于城市的喧闹与名利,他们为发现这里的美丽和神秘而兴奋。瞬间,他们浮躁的灵魂得到片刻的安宁与休憩。那种抵达灵魂的欢愉,让路边的灌木丛和杉木都凝神注目,瞪大了眼睛。

雪落无声,这行人身后一深一浅的脚印正被慢慢地埋没,静静地,悄悄地,像历史无声地翻过一页,没有人知道,更没有人想到要去寻找轮回。

又见青花

偶尔忆起往事，总是在一地阳光中沉醉。那些生根的影子，宛若草原上那朵青色的花，隽永，清新，鲜活，香洁，让人怦然心动。

我喜欢青色的花，它像刻骨的往事一样生动，静静地占据心灵的一隅，不能相忘。有时，如金色的阳光点亮一片阴晦，似徐徐清风拂面；有时，又如绝壁沙滩上的冷月，独自柔美而凄艳。

记得席慕蓉说，爱情是没有道理的。是的，当爱情悄悄来临的时候，自己并不知道，也许那个人自己也是不知道的。当爱发生时，可以包容一切，自己以及别人眼里认为是劣根性的东西，在那个爱你的人眼里也许并不那么令人讨厌，有时适可而止的一点娇嗔会带来意想不到的效果。不是所有人都千篇一律，也非所有人都喜欢女人的温情脉脉。正如从平和走向世界的文化大师林语堂说的："婚姻就像穿鞋，穿得久了，自然就合脚了。"

无事之时，便喜欢来到一个四面环水的像岛屿一样的小洲。那里视界开阔，湖水澄澈；那里的树木刻满了年轮，古朴而沧桑；那里一到春天就能看到满眼温暖的油菜花；那里，更有我们散落如星星的往事：一花，一草，一树，一木，和着潺潺的流水，不知道是因为它们的存在，还是我们的衬托，一幅画里有了魂，一篇文里读到了心。

我更尊重身边的这些高大的古树，它们身上悬挂的木牌上刻着明清的标志，有着历史的厚重。我喜欢用敬畏的眼光去审视它们身上的伤痕。我知道，它们是一位位饱经风霜的老人，也许几经轮回，才有了这满身的灵气和鲜活的面容。我喜欢闻着青草和泥土的清香，坐在树下隔岸相望，看湖光潋滟，看飞鸟掠过水面，看行人在两岸留下松软的脚印。此时的我，敛声静气，安静如莲。

你知道，我在静默的时候，必然是想起你来。现在的你我，那些过往，还不能用曾经来形容，与这些树木更是无法比较，我们只能用葱茏和茂盛来形容。我想，当我们如这些树木一样稳重和伟岸，那些沉淀的往事就会像金子一样发出灼人的光辉了。

尽管还不能将往事磨砺成金子，我仍然喜欢去洲上徜徉，在树下静静地坐着，怀想那一次次在心里定格的永恒。

其实，我已经忘却了那时大发脾气的来由，我只记得你在我盛怒的时候，拉着我的手，在我能点燃火的额头上印下你桃花一样的唇瓣。那湿润的桃花，瞬间就浇灭了我的火苗，让我静如菩提下的那一寸净土。你用这湖水一样清澈的眼神望着我，我能听见自己突突的心跳，一种从未有过的暖流像清亮的湖水悄然而过。

这种感觉只是一瞬，而我想把它记在心里，一生一世，直到永远。我想我当时一定是脸如桃花，那种发烫的温度，正好可以煨出一壶清茶。正如叶芝的诗歌，"……只有一个人爱你那朝圣者的灵魂/爱你衰老的脸上痛苦的皱纹……"在这美妙的诗歌里，这是我最喜爱的一句。

　　爱是永远。不论何时何地，不管我们老朽还是天各一方，爱的魂魄仍在，那些美丽的青花，会在那个人的心里生暖，直至走完一生，不会感到孤寂和渺茫。

　　"你若不离，我绝不弃。"记得这是你每次在我使小性子的时候输入我脑海的精神食粮。而让我最为感动的一句，却是我们相识的最初，你说过的那句"你懂我一回，我会深爱你一生！"在我行走尘世的年华中，只此一次，这滚烫的话语已足够让我的一生氤氲着温暖。

　　往事虽已久远，但每每想起却清晰如昨日，它已经在我的心里扎根住下。每当我失意、苦闷、犹豫、彷徨、受伤的时候，便想起额前那朵桃花的轻轻一碰，那润我一生的甘露。我喜欢把美好记到永远，记成一朵花，把那些杂乱的粗枝末梢修剪成一棵迷人的、年轻的树木，把那些能砺痛心脏的东西及时删除，让新鲜的血液畅通无阻，让生活铺满金色的阳光。

　　我知道，爱不是在激动的时候发布的宣言，而是一生一世的相守；是执手相看泪眼的不离不弃；是一辈子默默地相知相惜；是平平淡淡的柴米油盐；是每天早晨醒来时都要说的那句——亲爱的，早安！而那些积攒的往事，经长年累月地沉淀、发酵，在我们曲折迂回的道路上散发一路馥芳。

毛边的月亮

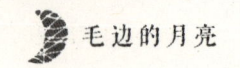

我知道，心灵深处的那朵青色的花，开在我们悉心培育的泥土上，绝不会枯萎在岁月深处的皱纹里，它是我们生命中永不凋谢的爱情花，会在往事的回忆中愈加熠熠生辉。

当我们携手相扶、慢慢变老的时候，当我们漫步在那条说过无数情话的小径上的时候，都会情不自禁地回首，又见令人肃然起敬的树木，又见澄澈安静的湖水，又见青花……

风花雪月

透过自然的风花雪月,走过人生的春夏秋冬,阅尽世间的爱恨情仇,作为候鸟与过客的我幡然醒悟。

——题记

风

门缝"吱呀"一声,窗棂如蝴蝶的翅膀扇动,阳台上那块素色的丝巾袅袅婷婷。我知道,风来了。它,在午后的阳光里沐浴花香,穿巷走户。

我喜欢这样来去自由的方式。可以洒脱不羁,可以在时光的波纹里绽放,那些永不褪色的青春;可以眯起眼打量最后一个秋天,可以怀抱一地的阳光,将自己还原给大地……是的,畅快淋漓的风,可以不顾前生来世,可以把一生的暖献给那朵桃花一样的唇瓣。

我喜欢风,也喜欢这花瓣一样的嘴唇。当然,我更喜欢把风和嘴唇融合在一起,调配出琴瑟之音。嘴巴一张,风就款款而来,让原野之上的五谷丰满,成为青草地上的男人和女人;让月光如水,故事在故事中沉淀和升华,美轮美奂;让天空更加辽阔与深邃;让远方不远,让想念的人就在身边……

高山流水,山谷中低飞的鸟儿,草地上慵懒地蠕动的青虫,还有那锋利的芦苇,那只跟着来啃草的黑山羊,那些可以织成地毯的一摊绿色植物。这些或静止或活动的生灵,都被风打包劫来,填补这片柔弱的生动和大地的贫瘠。

一群羊正虔诚地聆听着天外之音。

远处的黑森林沉默不语,如蜿蜒的河流不动声色;蓝如琉璃的天空,还有人丁单薄的村庄,影影绰绰。像暗藏着四季的风,一些悲欢离合开始复活,成为春天的小草,扑面而来……尔后,大地的果实盛开,那香软的嘴唇,印证着桃花的丰沛和想象。

我知道,这只是一阵风。如屋檐下的铃铛,风过就动,发出清脆悦耳的声响,撩拨着人们记忆的神经。

岁月如风,屋檐下尿尿的娃娃已不再稚嫩,皮肤上的褶皱映出晚霞的波光。

风,仍然翻动书的扉页,如"吱呀"的门声,生响着这日常的世界。

大地从清早就开始忙碌。清洁工将散落在青草丛里的"嘴唇"收入垃圾箱,一切都是那么安静与自然,安静到令人心痛,安静到从未发生。一些忙于生计的人从这扇门里进进出出，他们的表情漠然，好像不懂得曾经，没有过往事。

而风，仍旧穿过弄堂，穿过花瓣，扑向田野和大地……

花

说到花，这种可令人吐气如兰的风雅之物，瞬刻让人变得温情而美丽。如一袭晚礼服上的月光，朦胧而皎洁，无端滋生出如水的曼妙，涟漪层层，泛起许多爱意。

那或奔放，或简约，或纯洁，或眩晕的色彩，在自然风光中旖旎，在柔情蜜意里芬芳，在四季的一隅生香，在回眸一笑的桥那头情深意长……

花，不仅仅是令人赏心悦目的植物，更有生命与灵性，甚至有血有肉，激情上演。那演绎浪漫爱情的红玫瑰，那母爱四溢的康乃馨，还有迷迭香、常春藤、黄色鸢尾等这些纯洁而美好的友谊之花，一如餐桌上每天都要摆上的家常小菜，浇上油盐酱醋，日子便变得美味而温馨。

花，莲步碎移，由远而近，款款而来。在人们茶余饭后小憩，在林荫小道上馥郁。如蓝天上那朵轻盈飘逸的白云，如大海中朵朵歌唱的浪花，如密林中一棵大树下的蘑菇小屋……

一天，突然吟出"花非花，雾非雾"，这句朦朦胧胧的美句出自唐朝诗人白居易变格的仄韵七绝。全诗不管是对人生的感悟，还是对一切色相皆空的感叹，抑或花和雾都是指的自然现象，总之，这样的诗美得令人浮想联翩，像一朵会行走的花，空灵而感伤。而杜秋娘的《金缕衣》——"花开堪折直需折，莫待无花空折枝"，却是告诉人们花期的短暂，劝君且行且珍惜。

也许，这人世间的许多东西都是相通的。动物和植物，花鸟走兽，还有两脚直立行走的人类，就如一朵花的过程。芸芸众生，万物相生相克，生死轮回。从含苞到绽放，从繁华到枯萎，从吐故纳新到回归泥土，从昙花一现到永恒，花的美，花的光环，历来被人锲而不舍地追求着，就连人之将死，也要洗濯掉身上的污浊，做一朵沉睡的莲。

一朵花就是一种人生。也许，花在特定的场合，此花非彼花，放飞心灵的歌者，将绽放在每个阴暗的角落。在每个不为人知的罅隙射进一道希望之光，像一朵朵金灿灿的太阳花，在大地上扎根、盛开。它的美让人摒弃一切丑恶，使人比泉水更清，比天空更高，比大海更深。

爱是一朵花，一朵开放的心灵之花。它温情的种子，埋在那棵歪脖子的老槐树下，让银丝翻飞的母亲踮脚翘首的姿势，变成一朵夕阳下渐行渐远的秋菊。

也许，花就是心，心就是花。花开四季，花心永恒。

也许，花只是一种心情，一种碰撞的美丽，一种稍纵即逝的感喟，就如我们执手年华的岁月，一天天新生，一天天成长，一天天老去。

雪

花开,叶落,蝉鸣,雪飘……多么美好的意境,令人张开一脸的生动和想象。耳边的聒噪远去,闭上眼,安静如耶稣的门徒……

老屋的门槛上,一只猫弓起身躯,四肢挺得笔直,能听见阳光下关节抻拉的声响。它眯起眼打量了一下世界,又软软地躺下,享受着大自然给予我们的动中之静、静中生美的天籁之音。

这是一副老照片,底片模糊,我已经无法从岁月中捞出旧年的模样。唯有雪飘,藏在我的记忆深处,一年堆一个雪人,从童趣滚到成年。我堆的雪人也一个比一个高,一个比一个大,一个比一个正经和老成,就像时光中的自己。

我更喜欢在雪落时分行走,喜欢雪花欢蹦乱跳地亲吻我的全身,伸出舌头一舔,凉丝丝的,甜沁沁的。喜欢那天地失色的壮观,令人屏息的素雅与高洁。

在夜深人静的时候,天神悄无声息地撒落他的华盖。灵巧的鼹鼠在地洞里支起耳朵,它能感觉到大地上又多了一床棉絮,厚实而温暖。

静静地,待到天明,推开窗,一阵清新的、能切开肌肤的凉爽拂去一夜的慵懒。人瞬时精神焕发,眼睛如雪花般晶莹,瞠视着老天用天地一体的纯色雕饰的杰作。

殷实的大地，此刻正安然沉睡。被这盐一样的颗粒覆盖、润泽，暗暗地积蓄体力，孕育着新的生命。来年的春天正在这白雪皑皑的肉身中涌动，霎时间飞舞在天。此刻，素朴的天空，是一种安静的力量。它正在穿越，好似炸开的第一声春雷。

总是感觉，这棉絮一样炫目的白里流淌着温情。是的，在农人的眼里，这雪便是棉花和小麦，让人心里踏实和暖和；在寻爱的人心里，这雪是圣洁的神，是坚贞不渝的魂！

是谁，在嘎吱嘎吱作响的脚下，把积蓄了一冬的暖传递给远方，让游子听见，让亲人想念？

而山谷里正在冬眠的动物，正一个个懒懒地翻身，发出亲切的呓语，吸引了一群觅食的羊群，它们窃窃私语，好像发现了密林深处的那一片新的天地。

雪花像一朵朵吹散开去飘飞的蒲公英，一个个快乐的小精灵，一群群撒开腿脚奔向大地的孩子……

月

亲爱的，你是不知道我有多忙，前十分钟还在小提琴的弦上梦见月光，这下我又行走在车水马龙的路上了。

我这样马不停蹄地往前赶，有时候自己都忘记了到底要去哪里，到那里去做什么。我并不是一只糊涂虫，但确实很多时候伫立在人海之中，倏忽一下，我的脑海出现一片空白。立在那里的，好像是个苟延残喘的老人，又好像是个懵懂无知的少年，抑或是好奇而幼稚的孩子。月白日出，我在熙熙攘攘的人流中就是找不到自己。

我把自己弄丢了吗？我是我吗？

我忙忙碌碌地经过了整个白天。这下好了，轮到黑夜出场，我打开窗，晚风阵阵送爽，一袭朦胧的光亮透过树梢照在我身上。我慢慢地让自己柔软，像一只会缩骨术的猫，懒懒地关闭耳朵。而那袭月光让我心无尘埃地安静，我感觉自己突然轻盈如羽，像是一条柔软的飘带，在风里放飞，在天空中徜徉。

我又好像漫步在人们向往的"瓦尔登湖"，如一条自由来去的鱼儿，在偌大的湖水中寻找那片葳蕤，在绸缎般柔滑与安谧中扬起浪花。

你不知道我此刻是多么惬意与满足。

妈妈讲给我的树杈上月亮的故事，早已经在我的脑子里生根。我会在多年之后，选择某个有轻纱的晚上，摇着鹅毛羽扇，讲给我的孩子听，也许还会讲给孩子的孩子听。我会讲到自己的童年拖毛船的事情，讲到有月光的晚上两颗星三颗星……还有那用柳树的枝条和叶子编成一条长长的"毛船"，头上也戴着枝条编成的圆形，像一个个暗藏在树林月色中的侦察兵。我们一班"细把戏"配合，一个个头戴圆形枝条的伙伴拖着坐在"毛船"上的伙伴前进，互为遮蔽，借着月光的掩护我们紧密团结，屡战屡胜……

毛边的月亮

　　我想，我的故事还没有讲完，孩子就会咯咯地笑着，翻转过身子把被子压在下面。我会在均匀的呼噜声中小心地把被子抽出来，轻轻地盖在他的身上，悄悄地退出房门，轻轻地带上门，留下窗户上投进来的轻轻的月光……

　　你不知道，当我浮想联翩的时候，心头就悬挂了一轮满月，伴着淡淡的清辉，勾着阴晴圆缺。

　　是的，十五的月亮，在家乡的树梢上，在远方的哨所上，在太平洋的天际上……

如 风 吟

风 随

很小的时候,奶奶告诉我,风是最干净的,风是有灵魂的,它从不遮掩自己的喜怒哀乐,它涤荡清爽。人生在世,赤条条来赤条条去,做人嘛就得像风一样,干净利索。我就笑,风又不会说话,不会吃饭,无影无形。奶奶说,那是你没有用心去听、去看、去触摸。风也有眼睛和嘴巴,有温度有喜乐。它会走、会跑、会飞、会哭、会笑。我不信,说,那奶奶指给我看看,风,在哪里?奶奶说,风无处不在,在原野、湖畔、稻田、树林……它是你一生中最忠实的伙伴,你懂它,它便无处不在。人活着,哪个离得了风?

奶奶如今已故去多年,可她说过的话仍在,清晰、动感、恬谧、轻柔而温暖,风一样来来去去,叮叮当当,如影随形。

是的,奶奶说得对,多年以后,世事沧桑,而风真的是我最忠实的伙伴,无论失意还是悲伤,或者喜悦,我都停泊在风

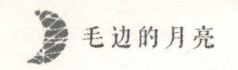

的港湾里，或舔舐伤口，或恣意放松……

　　风是善解人意的，它悄悄地抚慰你疲惫的身子，把你的不快和欢乐都打包带走，让你一身轻松，回归自我，回归本真。它告诉你，无论成功或失败，都要从零开始，把痛苦和失败交给风，把胜利的果实交给风。风一吹，什么都不见了，风一吹，什么都可以重新开始。风一吹，那些美好的往事风起云涌，风一吹，那些泪水和悲苦都消散不见了。

　　奶奶说得真好，人活着，哪个离得了风？！

风　　动

　　喜欢一个人站在原野之上，张开双臂，闭上眼睛，深深地吸上一口气，大自然就会在微闭的双眸之中展开，款款而来。故乡，遥远而亲切。如一帧图画，奶白色的炊烟四起，母亲的呼唤由远及近，穿过一条条田垄，钻过草垛，荡漾在田野上。水牛哞哞地叫着，扬起尾巴吧嗒吧嗒地甩在鼓鼓的身躯上。野花，摇曳着素净的身子，仰望苍穹。

　　清风起舞，扬起的根根发丝，如一面飘扬的旗帜，猎猎有声，衣袂飘飘。风窜进袖管，绸缎一般滑到指尖。似乎，无数的鱼嘴巴沿着无边的湖水游来，湖水的涟漪一圈圈荡开，有看不见的声气在空气中来来回回地震荡。它们在袖管里进进出出，痒痒的，或快，或慢，或轻，或柔，清清爽爽，洒脱从容。

此刻，你定能闻见蚯蚓在土里躬耕，蝴蝶飞舞，蜜蜂正在传授花粉，虫子啾啾，松针在窃窃私语。

山涧的溪水，送来松涛阵阵，在耳畔伴奏、嘶鸣，仿佛一匹快马驰过春天的草原，裹挟着花草，清新而馥郁。而风，宛如天籁，配合着山涧树林，琴瑟和鸣。

它们低沉、欢快、灵动；会跑、会游、会飞。它们自由自在，穿巷走户，浪漫空灵。它们能上天入地，可明辨是非。它们吹过田野，拂过垂柳，吻向湖水，拨弄白云……

风动，山水动，草原动，万物皆动。

风　在

风无形，风无骨，风无伤，风无色无味。风有情，风有爱，风有心，风肝胆相照。

你看，云淡风轻的时候，躺在软软的草坪上，怀想从前，风缠绵悱恻，调皮可爱。愁云密布的时候，找一处空旷所在，拼尽力气喊一嗓子，让风把它传出很远很远，直到心绪平静安宁，直到听不见自己粗重的喘息。

风是有灵性的。会定期清扫你灵魂上的蒙尘，让你心明眼亮，戒骄戒躁，把该放下的放下，该上路的上路。

风是有心的，风有风的样子，干净、温柔、缱绻、果敢。它能用一种看不见的方式抵达你的内心，让你在某地遇见自己，安放灵魂。

风是温柔的，风是安静的，风是活泼的；风干净明亮，风青春不老。

你生活上开心也好，失意也罢，风总能用同样的方式开启那道生活的程序，让你无论悲喜都能听见它、触摸它、看到它、感觉它。让你在行走的路上轻松自如，冲出雾霾，拨云见日。无论成功或失败，风总是萦绕在你的周围，帮你正视自己，吹去浮华幻象，脚踏实地；帮你疏导堵塞的通道，清扫尘埃。

风，就是自己的影子，飘飘忽忽，游游荡荡，聚聚散散，无法割离，融入骨髓，陪伴终生。

春风拂面之际，大地就披上了生命的盛装；酷暑来临，清风一吹，惬意舒爽；金色的秋风来临，黄金遍地，瓜果飘香；银装素裹时，雪人长出长长的红鼻子，风穿过贴着红色窗花的窗户，传递着孩子们的笑声，风铃般清脆婉转，屋子里就挤满了温馨。

四季更迭，人来来去去，事物来来去去，风仍然是风的样子，不悲不喜，穿巷走户，千古不变。无论世事如何变迁，它仍然吹拂大地，经过每个人的身边，握手，蹭头，呢喃，让能懂的人懂它，让有心的人珍藏它。

那些海市蜃楼，烟景繁华，风一样来来去去，云卷云舒。

是的，风在，你在，我在，他在。

真的是一切如风！

月光下的一地清辉

渐渐地,难熬的酷暑消退,太阳变得稍稍温柔了些,我们的早晚与中午的穿着便变成了两个季节。

月亮,越来越圆了。远远地望着,望着,好像一天比一天更大、更圆,离我们似乎也越来越近。眼尖的人好像能看到里面的大树和流水,似乎还有嫦娥的玉兔溜出来玩耍了。

这个时候就是家家户户抱成一团的时候了。亲人们陆续从外地归来,搭飞机的,乘船的,坐车的……像一群群回巢的鸟儿。这个时候的故乡成了一根线,牵回了老的少的男男女女。屋里的老人颤巍巍地出来,接过孙子孙女,嘴里炒豆子似的蹦出一粒粒香甜的糖果,"回来好,回来好啊,又是一个大团圆呢!"

时间真是个吹打手,一曲一曲地吹过去,一不小心就吹到《十五的月亮》了,中秋就这样被望来了。

母亲的规矩总是一成不变。总要等到月亮最大最圆的时候,在外头摆上柚子、月饼、花生什么的,然后插上香烛,敬拜月光娘娘。嘴巴里面念念有词,说些要月光娘娘保佑我们在外面工作顺心、事事如意、平平安安之类的话,我们每年回去便要听到一回,每回听到的感受却不同了。

小时候,月亮在我们的眼里神秘而新奇。母亲经常对我们说,小孩子可千万不能说谎,也不能用手去指月亮,那是对月光娘娘不敬。如果这样做了,月光娘娘就会在你们睡着的时候用镰刀在耳朵根上割上一刀。我们不信,背着母亲偏偏要用手指一下月亮,然后天天起床之后就要提心吊胆地摸摸耳朵,生怕哪天耳朵突然就不翼而飞了。

月亮里面真的住着神仙吗?

母亲说先要月光娘娘品了这些圆圆的果子和月饼,然后我们再吃,月光娘娘就会保佑我们一家子团团圆圆、平平安安的。

再大一些,对母亲的举动,我就开始不屑了。自以为自己比他们那一辈人高明,懂得的东西要多。

后来我们也渐渐习惯了。习惯了她敬了月光娘娘之后,大家坐到一起分享月光娘娘赐予我们的月饼,开始高谈阔论了。

再后来,母亲每敬一回月光娘娘,孩子的个头就虎虎地蹿上来了,竟跟我的个头不相上下了。这个时候我竟然也有跟着母亲一起双手合十对着天上的月亮祈祷的冲动,心里也在默默地念叨着什么了,好像这样做了,心里的那个愿望就会真的实现了。

朦胧中,仿佛在如水的月光下祈祷的母亲便是多年以后的自己。

我每次回到老家,就喜欢到以前的晒谷坪上去。

迎着漫过肌肤的微凉,嗅着夜空下那熟悉的泥土清香与晚露的滋润，披着这层朦胧的轻纱，看月色下面那一垄垄的蔬菜瓜果，在朦朦胧胧的月色下面泛起灵动的清辉。

我喜欢在这里静坐，捡拾当年的那些童趣。好像能看到成群的鸟儿扑腾下来啄食着晾晒的谷粒；好像当年的小伙伴正一个个聚拢来，在我的眼前蹦蹦跳跳、谈笑风生……

每每回味到动情处，我竟还闹得眼睛湿润，好像是被那些远逝的欢乐感染。我想，现在的孩子们是很难体会得到了，他们大多活在钢筋水泥的条条框框中，这些贴近大地的欢愉只活在我们这辈人的心里了。

愈是这样，便愈觉得珍贵，也愈加小心地珍藏在心灵的一隅。

每当月亮更圆的时候，我们就借着一地的清辉，照亮那或远或近的回归之路……

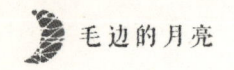

散章五题

骆驼刺

头一回见它,正逢花期,才知道原来骆驼刺也是会开花的。

它在举目辽阔的荒芜与孤独之中托举着它的热烈,盛开在针芒之间,秩序井然,寂寞而凄艳。漫漫黄沙,一朵流动的红云缓缓,慢到让人流泪……

那是一颗意念的种子,顽强而默默,很少有人知道它的存在。它是天边的绝舞,是点燃沙漠的焰火。它坚挺的刺,一次次刺破蓝天,刺尖上的坨红,让骆驼的眼睛发亮,那小小的缩着脑袋的花瓣,像是喝了二两包谷烧,沉甸甸的,神秘而羞涩。它开的花很小,也很单一,但那一点红,却照亮了整片沙漠;它的孤独之美很少被人记住,甚至多数人不认识它的样子。而骆驼懂它,这就够了。

它属于骆驼,属于沙漠,也叫骆驼草。

多裂骆驼蓬

喜欢贴地行走,铺地散卧。开小小的花,如兰花般淡雅与幽香。

因为紧贴大地,更懂得大地的粗犷与辽阔,它匍匐的姿态,激活了大地的心脏密码,条形的裂片如荡开的涟漪层层叠叠,如细密的发梢,拂过风,轻吻大地。每当新绿萌动,便如水一般弥漫开去,沙地上的葳蕤,攀爬是力量的延伸,那拱起的脊背在贫瘠的土地上展现生命之美。

想不到,它也是有果实的。在裂片的烘托中,它像一枚羞涩的小石榴。

听说,它还能归脾入肺,静心,去痛。

骆　驼

它是沙漠之舟。在繁华的都市里,它是被剔除的词汇。因为不需要,所以几近陌生。

茫茫大漠,沉重的脚印未能在那里打上烙印,风沙一来,什么都不见了，时间在那里被风沙掩埋。没有谁会去追溯一只跋涉一生的骆驼。就如一个全身泛着古铜色光泽的纤夫，将一船人拉到岸边，那是他的本能与责任，没有人会记住，或是被感动。他们只是统一的脸谱，一个代名词。就如骆驼，憨厚、平凡、安静，不被发现。

人，只有身处在风沙之中，才会想起，才会有如许的亲切。

风

风，微微地，很调皮。像是谁悄悄地挠着胳肢窝里的痒痒肉，在人们的袖口与裤管中进进出出、谈笑风生。

风有风的脾性，喜怒哀乐，如天上奔跑的流云，变幻莫测。有人说，风就是小孩子的个性，变起脸来飞快，又不长记性。每年都是那样，要闯四道关口。从落地成长，到田野撒欢，到深情款款，再到饱经风霜，就如人之一生。从童年到少年，从中年到老年。然后又返老还童，如此反复不已，像一个长不大的精怪。

让人喜欢它，爱它，烦它，讨厌它，又离不开它。

咏　莲

　　喜欢它的中通外直、不蔓不枝，以及那层层包裹的婴儿一般蹲在子宫里的莲心。

　　婴儿一出生便会哭，莲心不会哭。剥开那洁白的身躯，里面是根绿色的芯子，吃起来很苦。但它只苦自己，却能让人清心、去烦、散热，使人心旷神怡、安之若素。

　　那埋在淤泥之下的身子，也是那样的洁白，不为外物所污染，不问尘世繁华，始终如一，不忘初心。不与牡丹争艳，不求十里飘香。不攀，不争，不慕，只做简单的自己，素净而平凡。

毛边的月亮

从湘江启航

　　立志如山，行道如水，梦想如画。一个人总会有一个人的梦想。我也一样，怀揣着一个多年的梦想。

　　我出生于谢璞老师的故乡，一个很有文化底蕴的小镇——高沙。从1993年开始了文学梦，那个时候零零星星地发表过一些小文。1995年去了北京，1997年结婚，生了小孩后，由于生活居无定所，我的梦想也随之搁浅。

　　我的爱人曾经是一名战斗机飞行员，2006年前转业至地方做了一名警察，我的身份也由一名军嫂变成了警嫂。在国企改制下岗的潮流中，从2000年起我成了一名下岗女职工。2013年开始，找到了洞口县作协这个组织，在县作协主席周伟老师为首一班人的文学氛围的熏陶与指引下，我又捡起遗落了十多年的笔来开始业余创作。

　　可天有不测风云，2015年6月，我爱人因公受伤，诱发了冠心病，心脏血管做了支架手术，成了一个身体里带着支架的男人。这就意味着他将服用药物维生，每年复查与药物的费用都要上万，小孩又正处在读书开支的高峰，上有老，下有小，全家就是靠他一个人的工资养家糊口。

第一辑　素雪若心

我开始在梦想与现实之间飘摇。有一阵，我感到颓丧而又疲惫，甚至心力交瘁。这个时候，周伟主席及洞口作协的文友们，都来看望与安慰我爱人，鼓励他与病魔做斗争，并支持我继续写作，劝我不能放弃。儿童文学作家廖军兄为了让我安心写作，更是义无反顾地支持我，想办法报销医疗费用，争取扶持政策，帮我解决一些后顾之忧。

毛泽东文学院的老师们对我的文学创作也甚为关切，经常通过微信与电话联系，鼓励与支持我刚刚启航的梦想。王跃文老师、阎真老师、梁瑞郴老师、龚旭东老师等都给予了我莫大的支持与鼓励。远在云南的湘籍编辑家欧阳常贵叔叔也经常在电话与微信中鼓励我，并谆谆教诲：作家要靠作品安身立命，而作品必须要有自己的风骨与个性……还有家乡的姜贻斌老师的话音犹在耳边："小袁，你一定要发狠呀！"

此刻，我已经忘记了命运之中的苦难。也许，生活给了我逆境，但更多的是幸运。因为文学，我从未感到孤独，我与文学同行，一路都是温情与馨香。我深深地感受到文字的力量，感动于我生命中那些可亲可敬的师友们。

记得我最早发在湖南日报《湘江》副刊上的是一首小诗，题目是《三月，你是那朵油菜花》，以母亲的温情与大地辽阔之爱为背景的意象组合，很短，但自己也还喜欢。这首小诗是被周伟老师推荐过去的，那时心里还有些犹豫，怕作品不行，让他为难，也失了他的面子。周伟老师说："试试看吧，能发就发，不能发也就算了。你一个下岗职工，写好自己的东西就是了，考虑这么多干吗？"没想到几天后，他便电话告知我：

"祝贺你！杨丹老师也很喜欢你的作品，对你的作品赞赏有加。"由于是第一次与《湘江》结缘，心里自是激动与兴奋的，整张报纸是一字不落地看完。

一个人总会有自己的梦想。我也一样，怀揣着一个多年的文学梦。即使下了岗，即使丈夫因公负伤，家里经济压力山大，我仍然没放下手中的笔。几年来，我苦立心志，先后在80多种刊物上发表作品近30万字，出版诗集3部，中短篇小说集《飞翔的嗥叫》入选"潇湘文丛"，长篇小说《我是一个兵》获省作协2016年度重点扶持作品。

生活给了我逆境，但文学给了我温情。龚旭东老师曾留言说：大家都很期待你写出更多的佳作，但不要有压力，静静地写就是。多么朴素而有力的一句话！这句话，一直给我以沉静，给我以力量。

受老师们的鼓舞，我先后在《湘江》周刊发表了好几篇作品，对三湘四水的文学湘军有了更深的了解，经常在《湘江》周刊看到熟悉的面孔与名字，领略湘风楚韵，畅饮文化的甘露。《悦读》版里经常有新书介绍、经典品赏，翰林墨香，隽永深刻，是为人处世的一面镜子。"湖南作家写作家"栏目更是精彩纷呈，名家新锐，百花齐放，或老辣，或惊艳，不胜枚举。

记得2016年2月8日，农历大年初一，《湘江》周刊的微信公众号推出了我的诗歌拙作《故乡二重奏》，当时我自己并不知道，是在毛院的同学群里看到的。我一打开，就看到《故乡二重奏》这首诗，恰逢在老家过年，其时其景，顿觉一股暖流涌动，心潮澎湃，眼睛都迷糊了。这首诗本就是写远在他乡的游子盼望回家过年的急切心境，以及家乡的巨变，"故乡在微信中升级，扫进了二维码时代……"

而今，《湘江》周刊变成了我一次次启航与回家的精神港湾。穿梭往返，温馨而安宁，清风起舞之际，只见大地辽阔，鸟语花香。

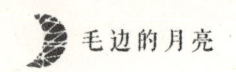

秋韵流华

　　四季更迭的时候，一些富含单宁（注：酒的成分之一）的生命舒展身姿，它们或宁静或妖娆，或丰富多彩，或深沉悠远。岁月的车轮在风中旋转，苦难与往事，以及那些美好的……糅合发酵，馥郁芬芳，似一坛窖藏多年的老酒，暖风一吹，阳光普照，遍地留香。

　　我深谙这春华秋实般的生动，她的风韵与独特，是上帝的赐予，是神的馈赠。她的美，她的万种风情属于大自然，属于大海和天空，也属于各种生命的礼赞。

　　而我却深爱秋天，对秋天情有独钟。

　　你知道的，那是个灰色的秋天。我在一场挫折中体验到人性的复杂与苍凉。很长一段时间，我灰头土脸，像一只躲在地洞的鼹鼠，你的出现仅仅是一种巧合。而你无畏的勇气与坦荡的胸襟给我的生命注入了新鲜的血液，你用清风与雨露扫除了我心头弥漫的雾霾，如高远的蓝涤荡天空，点亮了心灵一隅。是的，人生何处不相逢，面对阻力与磨难，唯有坚强地证明自己。也许，一切皆有天命，让冥冥之中的我无处可逃，走向生命的另一个秋天，那流光溢彩、蕴藏万物、充盈力量的秋天。

　　人世间的爱恨情缘，其实就是一瞬间的感动，一刹那的永恒。这种看不见的力量积蓄内心，可以是一杯淡淡的清茶，清心明目；可以是一粒速效救心丸，在特定的环境、特殊的时刻，有威力无边的功效；可以是天空中飞翔的鸟儿，自由地抵达心灵的天堂；可以是大海的航行灯，照亮我们迷惘而神秘的远方。

其实，我如此地热爱秋天，只因离不开那个定格的瞬间。我抓住的是你焦灼的眼神，你的眼神让我明白，一双鞋就是一条路，一条属于自己的路，用心去脚踏实地走出来的路。你是要送给我踏实与安宁，是一生的相依相守，陪伴我披荆斩棘，风雨兼程。你不说，我也能明白，那是一双暖心的鞋，它有着不一般的意义。它承载着一个特殊的故事，它的暖与爱将会贯穿我整个的人生征途。在这样特殊的时刻，别人唯恐避之不及，面对你的真诚与善良，我还能说什么呢？我只有在这默默中流泪，在无言中领略，在这个不一样的秋天记住……

生命中的秋天，总是金色的。如一地细碎的阳光铺满路上，软软的，暖暖的，让每一天都那么踏实与宁静，朴实而又生动。像大海那么深邃，像红枫那般热烈而浪漫，像挂满枝头的果实一样香甜醉人……

永远记得你讲给我的那个关于蜻蜓的故事。有个女孩子因为车祸昏迷不醒，她的恋人非常心痛与着急，只好去求助上帝。他跟上帝说，只要你能让女孩醒来，要我做什么都可以。上帝说，只要你做三年的蜻蜓，我就让女孩醒来。于是，男孩变成了蜻蜓，女孩醒了。他天天在女孩的周围飞着，女孩却不知道，最后那女孩在男孩快要满三年的那天跟那个男医生结婚了，蜻蜓流着泪飞到上帝的面前。上帝问他，你后悔了吗？你明天就可以变回自己了。蜻蜓说，没有，你就让我做一辈子的蜻蜓吧。

　　你说如果是你，你也会做那只蜻蜓。你又问我，"如果这样，你会像那个女孩一样不再认识自己的恋人了吗？"我笑而不语，其实很想告诉你，别说你化成蜻蜓，就是化为灰烬，我也能一眼认出你来，因为你身上有金色的光芒，有那个秋天特别的味道，那是一种植入骨髓的味道。但我没说，我知道那刻骨的往事要经得起岁月的销蚀，要在一日三餐的琐碎与柴米油盐中蛰伏，要在趟过的河流里洗濯出光亮。如此，我只有微笑，相信你也能懂得，终生的相伴其实就是默默，就是流水般的从容与简单。

　　是的，我们的人生其实就是走过春夏秋冬，流水一样循环往复，生生不息。我们，只是一只只在尘世之中忙忙碌碌的蚂蚁，是一条条来回穿梭的鱼儿……重要的是我们一起经过，一起笑看风云；一起收获秋天，一起慢慢变老，安然地回归大地。

　　而生命不是虚空，它有血有肉，有声有色，有爱有恨，有苦有乐。就像那个暖暖的秋天，那个不一样的秋天，人生之中，有一个这样的秋天便已足够。每当我面临困难与阻力，我就会想起我生命中的秋天。可以看见秋的金黄、秋的深情以及秋的清澈和悠远，还有那一天一地的秋韵流华……

　　记得林语堂大师就说过这样一句话："婚姻就像穿鞋，穿得久了，自然就合脚了。"还喜欢他说的"男子只懂得人生哲学，女子却懂得人生"。时至今日，那双属于秋天的鞋已经洗得发白与磨损，我每年都要拿出来翻晒，翻晒我们的秋天与往事，然后再小心地保存。我想等到你牙齿掉光的时候，再拿出来问你，嗨，老头子，你还记得这双鞋么？那是一个怎样的秋天？！

破碎的永恒

也许，许多美好的事物说到底是玻璃般的，透明而易碎。

那些沉淀多年的往事，患难与共时的不离不弃，淡淡的日子里积攒下来的点滴和感动，被酒煮沸的悲欢离合、被捂热的暖、被一根稻草拉上来的灵魂……

这些用心交织的生活像一张精心编织的网，在狂风大作的时候断裂；像航行在大海中的船只，在不经意间触礁；像日积月累而成的堡垒城墙，在突来的电闪雷鸣中轰然坍塌。

美好的东西虽然弥足珍贵，却容易被伤害、被遗忘、被破坏。因此，需要记住、铭刻、隽永。

也许，人性的另一面说到底是脆弱的，敏感而薄弱。

譬如爱。那些海誓山盟，那些一生一世的许诺，那些执子之手的永恒，也许，一句话、一次转身、一个眼神，就能让这些所谓的永恒破碎，再也无法拾起，无法跨越那条心灵的河流。

爱，是一个人的影子。如果这些影子突然间消失了，说明爱已不在。爱，是相知相惜。如果对一个人的痛苦可以视而不见，那么说明爱已成陌路。爱，是无私的奉献。无所谓个人的得失，可以义无反顾，可以无怨无悔。爱，是自私的较真，藏在心灵一隅，只允许自己看见，给自己依偎与取暖。爱，是包容，是流泪，是痛苦，是欢乐，是依恋，是不舍，是晨起喝的第一杯清茶，苦涩而甘甜，醇厚又绵远。

是的，爱，是你和我。没有彼此，水乳交融。爱，是永不疲倦的河流，在漩涡里新生，在岁月安然中默守永恒。

也许，信念是一朵花，美好而生动，却经不起岁月的磨盘。

也许，人生坎坷，命运多舛。

人世间的磨难与奋斗同在，成功与失败同在，悲伤与欢乐同在，爱与恨同在。上帝在亚当和夏娃诞生的时候就制造了人类的伊甸园，有了生命，有了爱，同时也赋予了人类的追求与信念。

人驻扎内心的信念与爱同等重要，没有爱，就没有灵魂。没有信念，生活也就如行尸走肉。

而信念需要扎根泥土，需要源源不断的养分，需要我们精心地培育与呵护。我们每个人心里都拥有这片净土，就看自己如何去挖掘与开发、耕耘和坚守。

说到底，这世界是玻璃般的，照见自己，也照见别人。容不得半分虚假，藏不住半点污垢，形形色色，气象万千。因此，我们行走的时候，需要用心灵去守护我们的精神家园，用真诚去保卫这易碎的永恒。否则一不小心，它就会破碎，信念的大厦会倒塌，爱会枯萎。一切的是非恩怨，爱恨情仇，烟景繁华，都会在破碎中化为乌有。

但无论怎样，我们的心不能破碎，给心筑巢，安放我们的灵魂。不管风雨如何，不论路途艰辛，梦想可以重建，回忆可以复苏，爱可以重生……

草儿疯长

奶奶的生平如草，坚韧而有常青的生命力。院前庭后，她走过的地方都有草的清香，素朴，平凡。那片郁郁葱葱的新绿，是一味永恒的生命保鲜剂。

我知道，奶奶这一辈子影响了几代人。

其实，我并没有见过奶奶，只是经常听人谈起她的点滴，就如草，一点点地破土而出，最后蔓延出整个春天。

一天天地，奶奶的形象就在我的心中扎根、行走。如一幅收藏的珍品被赋予了一个传说、一种体验，栩栩如生，愈来愈光泽，是那么真实地活在每个人的心里了。

奶奶年轻的时候是个标致的美人，一生没有生儿育女，却对几个家庭的孩子视同己出，虽然大字不识一个，却有一颗如雪的菩萨心肠。她人生多舛，命运坎坷，出入富豪之家，成就商贾风云，行走于农家书香中。不能说有多么传奇，但是奶奶的手中好像有永远吃不完的糖果，眼前总能看到草色青青。她将这些甜蜜蜜的东西黏到"细把戏"们的小额头上，告诉他们向着有光的地方行走，向着草色青青的地方行进。这样，就不用担心擦黑失足，总会有草的希望、草的结果。奶奶说，人嘛，一生要看到光亮，看到草长莺飞，这就是每个人心中的天堂。

奶奶告诉她的孩子们，要堂堂正正地做人。奶奶说，做人如做草，只要着地，就能生长，不惧风雨，无论贵贱，像草一样，不屈不挠地长，顽强坚韧地活。奶奶说，每个人只要心里揣着光亮，向着自己的目标前行，就会有草的世界、草的春天了。是的，春天如草，草如春天，四季轮回，总会有草的生机。

如今，我们这些"细把戏"们也已经生出些许白发，奶奶也早已远离了我们。也许，我们总会唠唠叨叨地对自己的儿女们说起奶奶的糖果，甜蜜蜜的；说起奶奶心里的天堂；说起那最不起眼的小草。

每逢清明，细雨纷纷，润泽着大地与万物。在这个草儿疯长的季节，奶奶的墓碑前跪拜了一群老老少少、男男女女。就如那最不起眼的草，一到春天，她也欣欣向荣……

有一种爱，由心而生

当这个世界从简单到多元，从有了亚当和夏娃，从男人和女人不断地繁衍生息，从所有的东西不停地进化，人类也就开始对生命的意义有了新的理解。

是的，生命进行了一场革命，从古至今，不仅仅是简单地活着。当寄托、追求、情感融入生活之中，男人像太阳一样散发出光和热，女人如月亮一样柔美和安静，每个人都有属于自己的特征和不同的情感归属，生活也越来越丰富多彩。寰宇众生，斗转星移，人类有了"爱"这个词汇，爱祖国、爱亲人、爱朋友、爱这世上所有的生命。爱，赋予了生命更深更美的含义。

有一种爱，由心而生，而且从未离开，如日月一样永恒。那就是我们祈祷的幸福，是我们心里纯美的爱情，是一种念想，是一生一世，是无怨无悔，是风雨同舟，是柴米油盐……

这种无形的精神理念像一双温厚而绵软的手掌，捧着香甜，捧着温暖，让力量充盈四季，如赴一场人生的盛宴。而那个在心里落地生根的梦想，如放出去的风筝，在浩瀚的空中飞啊飞啊，越来越高，越来越远。只有那个放风筝的人仍然坚定地站在原地，用一根细细的丝线掌握着它的方向，感受着它的存在。我感觉自己就是那个放风筝的人，在久久地守候那个完美的结局。等待飞出去的梦想安全地着陆，等待实现自我，等待追求之后的甘甜，等待那个打马归来的王子像安徒生的童话里那个美丽的尾声——从此过上了幸福的生活。

等着等着，突然发现头上生出了几缕白发，像一根根银色的丝线，那样张扬地占据着最抢眼的位置，生怕不被注目，生怕被人视而不见。我突然感觉到一阵阵莫名的慌乱，胸口突突地跳个不停。我变老了吗？我真的开始老了吗？！我知道人总会老去，都会从葱茏的岁月不知不觉行至白发苍苍的耄耋之年。这是生命必然经历的过程，可当突然看到白发咄咄逼人，心里一时也难免惆怅和哀伤。人心可以挽留，但是谁也无法留住青春、留住时间。人在少年不知愁的时节不会懂得"珍惜"的意义，不会有这样心慌意乱的痛感，不会感觉到一个接着一个的日子成为那突突地往前赶的流水，谁也无法抓住，谁也不能挽留。

一年之中以小时计算，应是八千七百六十个小时吧。人在难过的时候感觉时间就是一只乌龟，在开心的时候又觉得它是一撒腿就不见了的兔子。可是，不管是开心还是难过，时间总是那样毫不留情地成为过去式，带走我们的青春，带走我们的悲喜，带走我们一生之中积累下来的遗憾和生老病死。

我们存在心里的愿望和理想，不管风霜雨雪，不论艰难险阻，一年年过去，一次次沉淀，当现实不再灿若繁花，我们身边小小的温暖总是不离不弃，默默地用最简单的方式坚守着我们的阵地。是的，不论成功还是失败，只要有爱，幸福就在。成功时那个默默相伴左右的人和你分享喜悦，失败时则默默地为你疗伤，用魔幻的手掌为你输入力量和勇气，看着你再次生龙活虎，矫健如森林里勇猛的豹子。这就是爱，它是那样坚强地盘踞在我们的内心，年年岁岁，岁岁年年，直至永远。

每个人的幸福却是不同的。有人一生在外漂泊，就像一只没有归期的风筝。那种魂牵梦萦的隐痛，就是何时回归故乡，何时固定生根，何时能与亲人日夜厮守？！长此以往，存在他们心里的幸福就成了两个字，就是"回家"，"回家"，"回家"！

岁月蹉跎，许许多多的曾经幻灭，像是那株立于天地之间的小草，任凭雨雪风霜，只要把根留住，就会有属于它的春天。而我们在心里固守的信念，会等到春天吗？我们终究不是小草，不能一岁一枯荣，我们头上的秀发渐渐从饱满到干瘪，像缺乏营养的稻草开始日渐枯萎，变得粗糙、了无生气。

而一棵草，一朵花，当我们弯下腰去静听，就能听见它们的心跳和歌唱，就能感受到它们微小的生命对这个世界不屈的和鸣！任何事物都有一个从繁华到陨落的过程，就像植物和动物以及人类所要经历的生死轮回。可不管怎样，追求永不停息，世事的沧桑和容颜的衰老不能阻碍我们前进的脚步。

当秀发已逝，青春已经成为曾经。花朵正在慢慢地走向枯萎，生命的泉水随着时光的流逝渐渐地枯竭。此时的我，已不再心慌意乱，因为一个相守的约定，我心里正装着满满的阳光。

我终于明白，青春留不住，生命终会老去，只要心怀美好，我们的精神家园就会激活一个个情感的密码，千秋百代，永葆青春。

是啊！爱，一直都在。幸福，从未离开！

你若安好，便是晴天

你若安好，便是晴天。

这不由得让人想起白落梅笔下的一代才女林徽因，想起"有多少繁花满志，就会有多少秋叶零落"的感喟；想起金岳霖对她的痴迷——"一身诗意千寻瀑，万古人间四月天"；想起徐志摩对她的牵挂和祝福——"你若安好，便是晴天"。

红尘陌上，那些曾经的往事，让我们心怀柔情。为一棵树，或者一片云，甚或一粒尘埃；在如水的波纹里看见，在车马喧嚣中安静，在不经意时感动……

"你若安好，便是晴天"，其实这句诗意嫣然的话语让我想起的并不是滚滚红尘中"弱水三千，只取一瓢"的决绝与爱恋。我只是想起一座久别的城市，一座边塞的临近沙漠的城市，一座几乎全年都在融化冰雪的城市，以及生活在那里的人们。那里常年缺水，不见绿色的矮矮的灌木丛与那齐膝深的皑皑白雪，占据了我大部分记忆。

那是一片贫瘠的土地，由于经纬位置的差异，这里的春天总是姗姗来迟。人说，六月飞雪，便是奇观，而在这里却是比较常见的。当南方的花草妖娆殆尽，这里的绿色才刚刚开始，积雪在羊群和马匹的奔跑中、在骡子的屁股后面拴着的板车滑行中，渐渐融化。由于土壤与季节的问题，这里的作物一年只种一季，高粱、玉米和小麦是羊和人的主食。

这里的羊与南方的牛一样是庄稼人的宝。矮塌塌的正屋前总有一圈围墙，里面圈着一群脑门上绕了几个圈的绵羊，或者其他颜色、其他门类的羊种，一只忠实的牧羊犬巡逻在它们左右。

最令人惬意的是这里的天空，蓝到令人流泪，像一块巨大的绸布与辽阔的草原一起无限地延伸。偶尔一条融化的小溪迂回在草原上，像极了一条纯色的飘带，阳光下的粼粼波光，给飘带镶上了闪闪的金片。这时候的羊群如天上流动的白云，它们嘴巴下面的草儿由黄到青，再由青变黄。

风一动，整个草原也在动。那徐徐的清风送来花香，送来远处马儿的嘶鸣之音。吃饱了的奶牛也驻足倾听，耳朵扑扇扑扇地，好像风刚刚给它灌进去了一个美丽的传说。

我蛮喜欢喝这里的一种植物饮料，是一种叫沙棘的植物榨出的汁液，比乳制品的口感好，香浓可口。据说沙棘的植物蛋白含量高，是北方一种抗旱耐寒的常见植物，有"生命之王"的美誉。

都说，北方的汉子块头大，体格一般比南方人魁梧，性情火爆、好斗，而且坦荡、豪气干云。而我却认为北方的汉子看似粗枝大叶，却也有心思细腻的一面。他们的淳朴和善良，耿直与爱心深深地植入我的脑海。

记得有一次，我送三岁的女儿去幼儿园，我们全副武装。

我骑着一辆轻便的女式自行车在厚厚的冰层上颠簸着。由于骑车的技术本来就不佳，加上冰块的阻力和鹅毛般的雪花不断阻碍着我的视线,我驮着女儿摇摇晃晃地前行,像个喝醉的酒鬼。迎面而来一辆自行车,眼看就要擦肩而过,我却握不稳方向,本来是想躲开那辆自行车,不知怎的,却生生地向那人冲过去。我心里一慌,手也松了,从车上掉了下来,女儿也从后座甩到地上,愣愣地发呆,好一会儿,才哇哇大哭。我当时就吓懵了,那人为了躲开我的猛撞,也从车上摔了下来,在冰上滑行了几十米远。

我脑海里一片空白,不知道那人摔得怎样。我想起许多碰瓷的故事,而他绝不是故意来碰瓷的,是我自己撞向他的。我慌得不知道如何是好,揭开口罩喘着粗气,坐在冰上眼睁睁地看着那人爬起来走向我。我做好了挨骂甚至挨揍的准备,就是他要敲诈我一番,我亦是无可奈何的。

他也取下了厚厚的棉布白口罩,我看到一张典型的北方汉子的脸,方形,皮肤粗黑,是一个体格健壮的中年男子。他看了我一眼,转身朝几米远的女儿走过去,轻轻抱起女儿。我心里一惊,"莫不是要拿女儿来要挟我?"我搞不懂他的意图,想把女儿抱过来,却全身酸痛,加上厚重的棉衣,我动弹不得。

看着他替女儿取下口罩,擦拭着她脸上的泪水,检查着她的胳膊和腿是否灵活。"还好,没有受伤。"他自言自语。然后一手抱着孩子,一手伸向我,要拉我起来。问道:"你怎么样?还行吗?"我疑惑地望着他,听着他柔和与关切的语气,我心里的石头也落下了地。

我想着自己刚刚的念头,不禁惭愧万分。怕他看出我的尴尬,我重新戴上口罩,将那片红云藏在洁白的口罩里。他帮我扶起自行车，把女儿放到后座上坐好。他把女儿的手套摘掉，用手刮了一下她的小鼻梁，笑着说，"勇敢点，小家伙！"然后把女儿的小手放在他宽大的手掌中哈了一口热气，用手搓热，再给她戴上手套和口罩。

在我跨上车的瞬间，他说："当心点儿，冰上容易打滑！"我用力地点点头，在他的目光中远去。眼前的雪花不断地迎面而来，在我的睫毛上舞蹈与融化，我能感觉那是一个个快乐的精灵，有血有肉，有情有义。

我是来自南方的军嫂。后来，也有一个同乡的嫂子随军来到这个城市。她的儿子只比我女儿大三个月，也在同一个指定学校读幼儿园，于是，我们有时候结伴而行。

一天，我和嫂子一起去接孩子。到了学校，我看到女儿委屈地撅着嘴巴，看到我们过来，她的眼泪便簌簌而下。我们便问她怎么了，她用手一指老乡的儿子，说，哥哥把我的书本撕坏了，还用手抓我的脸。我一看，她左耳的腮边果然有几道红色的痕迹。我忙说，不要紧，哥哥不注意吧。那嫂子的脾气却是泼辣得很，她看到女儿被撕得七零八落的书本，怒火中烧，一把将她儿子从座位上提起来，呵斥着他，"你怎么这么不听话呢？"我刚要说，"算了呢，不要批评孩子了，小孩子都是一样调皮的，不要太计较。"我的话还没有说出口，她就扬起手来，"啪"的一声脆响，一个巴掌落在她儿子的脸上。所有的目光都向我们这边聚焦，我没有反应过来，更没有想到她会打自己的儿子。

这时从人群中挤出一个高大的红脸汉子，他瞅瞅那红了半边的小脸蛋，五个手指印清晰可见，回头就给了嫂子一个轻轻的巴掌，并且不无责怪地说，你怎么能动手打孩子！这么小的孩子，下手也太重了吧。我和嫂子惊愕地看着眼前这个陌生的男人。嫂子挨了打，恼羞成怒，不甘示弱地撕扯着他。那红脸汉子却一动不动，任她怎样打他，都不还手了。等她打累了，他不动声色地从兜里掏出一块白色的手巾递给她，说："对不起！刚才打了你，是心疼孩子。擦擦吧，瞧你都打出汗了，以后可不能这样管教孩子，一有错就动手，我打你，你也受不了吧。你是大人，他还是小不点呢。"这情形，如果发生在南方，大家肯定以为是两口子打闹，绝不会相信我们与他素昧平生。嫂子见自己失态，也有些不好意思了。那红脸汉子也不恼，不顾自己脸上被抓的血痕，哄着吓哭的孩子，说："不哭，不哭，好孩子都是好朋友，叔叔带你们去买糖果吃。"说着，他就左手抱起我女儿，右手抱起嫂子的儿子向门外走去，我们两个只好乖乖跟在他的身后。一回头，我看到嫂子的眼睛湿润了，我能理解她此刻心里的歉疚，就像那次在雪地骑车我误解那个方脸的汉子一样。那一刻，我感觉北方汉子的胸怀就是那广袤的草原，他们的心像天上飘舞的雪花一样纯洁和朴实。

  而今，我已经离别那个冰天雪地的城市多年。回到潮湿的南方，我仍然怀念北方的干燥和那暖气房里的温暖；怀念那蓝得令人流泪的天空，那流动的白云和羊群；怀念那辽阔的草原和洁白的雪花，还有那风雪中默默行走的北方汉子……

  时过境迁，我在光影依稀的流年中慢慢变老。而每当南方下一场罕见的大雪，我便心怀柔软，想托一片雪花捎去远方——"你若安好，便是晴天"。

第二辑 生命如水

毛边的月亮

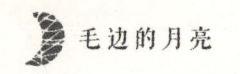

捡拾生活素简里的爱

从冬天想到春天,从风雪雨霜走进阳光明媚,所有的记忆都在穿针引线。往事,是一朵朵木棉花,呼吸所有的温暖和爱,火红火红的在燃烧,挂满幸福的枝头。

我知道,每个人的心中都有一朵木棉花,眼前便拥有了一树春天。有一天,我看到一份资料上这样说道:"木棉花的花语,是珍惜身边的人,珍惜眼前的幸福!"

——题记

衣

早上起床推开窗户,一股冰凉的风钻进袖管,我不禁打了个冷战,探头一看,呀!天空正洋洋洒洒地飞舞着雪花,天地一色,银装素裹。雪落无言,洁白无华,大地一片安宁。

看着这漫天飞舞的精灵,这令人眩目的白色,让我不禁想起了几年前的那场雪。

那是一个雪花飘舞的早晨,我和女儿早早地起床去超市买菜。刚走到路口的一个拐弯处,我看到地上坐着一个老人,一条拐棍长长地横在马路边上,面前放着一只破烂污秽的饭碗,里面是两三张可怜的毛票和几枚孤零零的硬币……我曾多次遇上这样的事情,很是麻木,甚至有些厌恶。

有一次,看到一个妇女抱着一个不到一岁的孩子,疲惫不堪地坐在地上,而且那女人的腿是用石膏绑着的,一条拐棍立在她的一侧,一张白纸上写了悲惨的命运与遭遇。女人抱着的孩子奄奄一息,我不禁伸手触摸面黄肌瘦的孩子,在那女人面前放了几张百元大钞。女人突然眼前生亮,她猛地站了起来,追上几步,拉住我的手,尽情哭诉,鼻涕眼泪肆意横流。这下,我惊愕了,我看到女人的腿是那样健壮地直立着,石膏完全是块累赘。我突然觉得一阵恶心,赶紧抬腿走开,头也不回。

老人的那根拐棍触动我的神经,我不愿女儿看到那些虚伪和欺骗,我用身体挡住了这个乞讨的老人。

可是,我的做法是徒劳的,女儿很快发现了路边的拐棍,还有那位瘫坐的老人。她拉着我凑上前去,她要弄清楚这是怎么一回事。

我不得不跟女儿一起靠近那个老人,不同的是他的面前没有一张写满悲惨遭遇的白纸,他的腿的确有残疾,关节处的肌肉都腐烂了,陷下去一个黑洞,能看到里面白森森的骨头。他不仅衣着单薄,那条残腿也甚是落寞无助地裸露在雪地里,让人触目惊心。

女儿拉着我的手更紧了,她看了一眼不忍再看,嘴巴里面嘟囔着:"妈妈,这个老爷爷穿这么少,冷吗?他真可怜呢!"在女儿面前,我不能无动于衷,不管是真乞丐还是假困难,毕竟那条腿是真正的残疾了。我掏出钱包,把准备买菜的零钱放在老人面前。女儿却放开了我的手,对我小声说:"妈妈,等我一下,我马上就来。"我正要阻止她,她却撒腿往家里跑去。这小精怪,在搞什么呢?我不明白女儿跑回去干什么,只好在原地呆呆地等着她。

不一会儿,女儿迎着风雪,手上抱着一个他爸爸的军用大衣,她有些艰难地向我走来。哦,这个小精怪!原来是回去拿衣服给这老人御寒啊!

"妈妈,快给老爷爷披上吧,不然他会冻坏的。"我帮女儿一起把大衣盖在老人的身上,老人好像冻僵了,表情冷漠地看着前方,他没有像其他行乞的人那样低头行礼或者磕头表示感谢,但是我分明看到他的眼睛湿润了,那深深的眼窝里有两行浊泪正滚滚而下。

这场雪落在春天的眉头,封锁了春的消息。雪,越下越大,落在老人的头上、脸上、眉头上、身上、腿上,很多人从老人身边木然走过,大地一片茫然。

我赶紧拉着女儿走了,女儿却是一步三回头,一路上问了我许多问题,说了许许多多的话,而我只牢牢地记住了她的一句,"妈妈,过年我不买新衣服了,要存起来,给没有衣服的人穿。等我长大了,我一定要办一个好大好大的服装厂,做好多好多暖和的衣服!"这句话,当时让我很震惊,也很感动。

第二辑 生命如水

看着这些飘舞的雪花,我有一种莫名的冲动和感慨。这一地的雪花,是多么纯洁,多么厚重,多么美丽!一片片落在地上的雪花花瓣,像一颗未被污染的孩子心,如孩子们纯净的金子般的心灵!

天冷了加件衣服,心若冷了,我不知道这世界会怎么样?

大地睡了,雪花铺地,一夜之后,我怕世俗的车轮把她碾压成泥。

食

女儿五岁生日的那天,正好是周末,我带着女儿一起回老家去看望她的外公外婆。那里不仅有我童年的记忆,而且有女儿的童年,那里的一草一木对我们娘俩都是那样的亲切。不同的是,我的童年总感觉饥肠辘辘,好像从来没有吃饱过肚子,做梦都想美美地吃一顿大餐。那时村里的发电站老是停电,我们一大群孩子总是点着蜡烛,提着马灯到外面的田野里去捉萤火虫,虽然肚子里没有什么油水,可是记忆中的童年却是很快乐的。

我想,等女儿长大了,她记忆中的童年定是另一番景象了。以前透风的土砖加木房已经销声匿迹,绿油油的田野也变成了一排排整齐气派的小洋楼，以前的羊肠小道已经成了水泥大道，各种型号的小轿车在那里神气活现地来回穿梭。

我一边走一边告诉女儿这些变化，她的眼睛瞪得大大的，好像那是多么遥远、多么不可思议的事儿。她的脑袋里面塞满了白雪公主以及青青草原上灰太狼与喜羊羊的故事，还有那些卡通的、科幻的各种各样神通广大的人物。

刚刚走进家门，女儿就发现了一个问题，她指着外婆家堂屋上面的那个燕子泥窝，非常好奇地问："外婆，以前住在这里的那几只小燕子都到哪里去了呢？"外婆笑着拍拍她的头，说："傻囡囡，现在天气冷了，燕子都去温暖的南方过冬去了。""哦，难怪地上这么干净了，以前在这里还看到燕子妈妈给它们喂吃的呢，这么快就学会飞了呀！"她喃喃自语，有些失望和惊奇的样子。外婆摸着她的小手，给她一个苹果，笑呵呵地说："傻囡囡，你就跟这窝里的燕子一样呀。不会吃的时候，是外婆给你喂的呀。现在会吃会走路了，你不也飞到妈妈身边去了吗？等到再长大了，又要从妈妈身边飞走了呢！"

女儿眼睛一眨一眨，使劲地想，然后一本正经地问："可是，可是，我还会回来看望你们呀，燕子呢，它们还会回来吗？"

"会的，它们的家还在这里呢。等到天气暖和了，它们就会回来了！"外婆的眼睛眯成了一条线，好像看到燕子妈妈带着它的孩子们正漂洋过海往这里赶呢。

女儿把咬了一口的苹果随手放到桌上。"不好吃吗？"外婆问她，女儿摇摇头，接着就把苹果拿起来准备扔到垃圾桶里去。"呀,别扔了呢,多可惜!"外婆从女儿手里拿过去,张开嘴巴正要吃,女儿愣了一下,然后又飞快地夺过去:"外婆别吃呢,我已经咬过了的。"她微微涨红了脸,接着自己把苹果吃完了。

开始吃饭了,外婆弄了一桌子的好菜,先是把那只鸡腿挑出来放到女儿的碗里。女儿又连忙夹起来放到外婆的碗里,嘴巴里面嚷嚷着:"我在家里每天都吃一只鸡腿呢,都吃腻了,外婆很辛苦呢,燕子妈妈只给自己的孩子喂食呢,你喂大了妈妈还喂大了我呢,给伟大的外公外婆吃!"她的话逗得我们哄堂大笑。

外婆说:"我不吃,我有糖尿病,不能多吃肉类呢!"

我连忙摆手,说:"别给我啊,我要减肥呢。"最后,我们一齐劝女儿吃了它:"还是你吃,你最小,你现在正在长身体呢,需要营养。"

女儿眨巴了一眼睛,做了决定一样说得斩钉截铁:"你们都不吃,那我给隔壁的谢奶奶吃了啊,她腿不方便,小时候还给我吃过糖呢。"

谢奶奶是个五保户,无儿无女,生活很是艰难,我们也时常接济她。看着女儿蹦蹦跳跳地把鸡腿给她端过去,我不禁感慨女儿这次回老家的意义和收获。瞬间,女儿那颗幼小的心灵懂得了许多道理。

"羊羔跪乳,乌鸦反哺。"燕子反哺,是一种感恩;感恩,让爱永恒。这些生活的道理,让女儿小小的心变得美丽而成熟。

毛边的月亮

住

　　女儿六岁多了,性格开朗而活泼,同事和朋友还有她的老师都蛮喜欢逗她玩,她那种天真的童性总是不由得让人想起自己无忧无虑的童年。

　　在她三岁之前,她却没有这样快乐,因为工作的缘故,家里没有人能照顾她,满月后我们就把她寄养在乡下外公外婆家里,每逢假日我们便回老家去看她。慢慢地,她会说话会走路了,也渐渐地习惯了这种生活;每次看到我们要离开时,她就偷偷地躲到黑暗的旮旯里流泪去了,不让我们找到她。

　　记得在她刚刚满三周岁的时候,可以上幼儿园了,我们便把她接了回来,可她睡觉总是喜欢动来动去的,半夜里常常踢开被子引起感冒,每晚我要跑来跑去地忙碌,几乎不能睡觉。为了不影响第二天的工作,我不得不在晚上把她带在身边。爱人对此心里有老大的不满,都三岁了还缠着大人不放,说我太宠她了。我知道,因为女儿长期住在乡下,跟我们在一起的时间就很少,生活上她还不能完全地跟我们融合在一起,我们需要与她建立起亲密无间的感情。事实也是这样,每到晚上她就很抗拒跟我们睡觉。

　　白天她可以跟小伙伴一起玩,一到晚上睡觉时她就开始闹了,不准我靠近她的床,更不准我碰她旁边的枕头,她说那个位置是外公的。俗语说,"夜崽不离娘",她是把从小带着她睡的外公当成娘了。我再怎样施展母亲的柔情，都不能降服她，没有办法我只好等她完全睡了，才悄悄地睡到她身边。一般小孩睡觉都是睡得很踏实很香的，而她却不同，可能是换了新环境的缘故，我睡下不到两小时她一个翻身踢开被子，看到我在旁边，就哭闹起来，然后把我赶到阳台上去才心甘。没有办法，半夜三更的，我又怕惊醒邻居，只有穿着睡衣迎着夜晚的凉风等她再次睡去。幸亏不是冬天，否则我会活活地冻成冰棍。

这样的日子，过了差不多一个月，我都快要得失眠症了。一天夜里，我在阳台上看书等她进入梦乡。等着等着，已是子夜，月亮也躲进夜的深处。突然，听见女儿喊我，我连忙进去，她正懒懒地缩在被窝里，偷偷地望着我。"宝贝，有什么事情吗？"我微笑地看着她。她有些不好意思的样子，犹豫了一下，最后还是下了决心似的说："妈妈，你在外面很冷的，外公睡的枕头现在给你吧。"听到这话，我当时的心情不知如何形容，感觉三年来对她的亏欠终于被原谅了，女儿终于在心里接受了妈妈对她的爱！

她从小喝牛奶和米糊长大，那个半夜三更起床给她喂养、给她把屎把尿的人却是她的外公，我虽然生下了她却完全没有尽到母亲的责任和爱心，我觉得这微不足道的付出远远不如外公对她的照顾来得深厚，面对女儿那颗柔软的心，我觉得自己的付出是多么幸福！

那个夜晚，女儿睡得很踏实很香。我搂着女儿，享受着女儿的爱，看见窗外，一树木棉花火红火红的在燃烧，我激动得热泪盈眶……

　　此后，我一直搂着女儿睡。这段时间，为了我们更加融洽的母女之情，我暂时没有跟她分开睡的意思，搞得爱人有些怨言。

　　有一个周五的下午，女儿一下子把自己收拾得整整齐齐的，还背了个背包在肩上，包里装着她里面换洗的衣服、牙膏、牙刷什么的，我以为她要缠着我带她去旅游呢！"妈妈，明天放假呢，我想去姨妈家里玩两天，听姨妈说家里买了条黄色的金鱼呢，我要去陪小金鱼玩。"哦，是这么回事啊，我长长地吁了一口气。

　　两天时间，说长不长，说短不短。我想着女儿，女儿也该回来了，她明早还得上幼儿园哩！傍晚时分，老远就听见女儿欢快的笑声，接着门铃响了，我赶紧去开门。不想女儿一下子冲过来抱着我的双腿嚷嚷："妈妈，这两天可想死我喽！你们想我吗？"她一边换鞋，一边迫不及待地让我弯下腰，在我脸上狠狠地亲了一下。这个小精怪！嘿，可别说，她离开的这两天，我还真是有些不适应，老是觉得家里少了什么。

　　她和送她回来的姨妈道别后，就把背包里的东西一一拿出来，然后定定地望着我，好像心里装着什么秘密，正犹豫要不要说出来。我刮了一下她的小鼻梁，问："刚刚回家，又有什么馊主意？"她没有吭声，表情却变得严肃起来，像一个小大人。接着她爬到一张凳子上，用手做了个圆圈对着我的耳朵，奶声奶气地说："妈妈，我离开的这两天，爸爸跟你睡一张床了吗？"我心里一惊，这小精怪，难道……可是当我看到她异常认真的表情，马上否定了刚刚的念头，我突然明白了女儿的一番良苦用心，她觉得自己占了爸爸的位置，就好像妈妈代替了外公的那个位置。

我一脸惊讶，女儿小小的心，是那样的细腻、柔软而善解人意。她小小的世界里，盛满了生活中的点滴之爱，这份爱看似微不足道，却很厚重。我看着她，再一次泪流满面，心碎了一般。

我想，小孩与大人的世界其实是相通的，对于爱，更是如此。

行

清晨，我以最快的动作做好早餐，唤女儿起床。我们一起匆匆解决了早餐，推出那辆老掉牙的电动车，融入车水马龙的大街。

早晨的雾气很重，前方一片阴霾，大车、小车、摩托车，还有见缝插针的自行车，乱糟糟地挤成一团。我不得不减慢车速，像蜗牛一样随着车流缓慢地前行。女儿六岁多了，上小学二年级。学校距离家里比较远，我一般骑电动车要20分钟左右才能到达学校。她在班里任语文组长，要在8点之前赶到学校检查同学的家庭作业。想到堵车会误了女儿的事情，我心急如焚。

寒风不时袭来,我不禁缩了缩脖子,用围巾裹紧。这时女儿在身后说:"妈妈,先别动,等下我给你围好围巾。"我感觉到她的小手在我的头上摸索了一番,然后一种轻轻疼痛过后,女儿说:"好了,妈妈你疼吗?""不疼啊,怎么了?"女儿没有吭声,我继续随着车流推进,这时我又听到女儿的喃喃自语:"不会吧,我还没有长大呢,难道妈妈就开始老了?"我心里微微地怔了一下,马上明白是怎么回事了,我笑着说:"孩子还没有长大呢,妈妈不会老的,你是不是发现了妈妈头上长了白头发?"女儿停顿了一下,我不知道这小家伙在心里想着什么。突然,我感觉女儿搂紧了我的腰,把脸埋在我穿得臃肿的背上,轻轻地说了声:"妈妈,没有什么,那是一根白线头。"

听到女儿略带伤感的语气,我明白了女儿的用心,她不想让我伤心,感觉岁月的残酷。在她眼里,妈妈永远是年轻的;在她心里,希望妈妈不要老去,这样就可以永远陪伴她了。我为她这样幼稚的想法感到高兴,更为女儿心里藏着这样深厚的爱而感动。

车流开始疏通了,我也加快了速度,刺骨的寒风横扫过我脸上单薄的口罩,我一点儿也感觉不到这个冬天的冷,此刻的心里好像有团暖暖的火苗,让我感觉一种力量在充盈着全身。

到了学校,我弯下身子给她拍掉鞋子上的灰尘,女儿搂住我的脖子,在我的额头上亲了一下:"妈妈,您辛苦了!再见!"

望着女儿渐渐离去的身影,我的眼睛湿润了——女儿长大了!

蓼水"雨来"

我记忆中的往事，总与河流有关。家乡那条自西向东流淌的资江支流，那清幽透亮的蓼水总能让我魂牵梦萦、心回故乡。

我的家就在蓼水河的旁边，每次上学都要乘坐渡船到对岸的黄家码头。我很羡慕那些敢站到船头的少年，他们用那根长长的竹篙左右拨弄，配合着水桨的拨动加速前进，船头劈波斩浪，哗哗地翻滚着清澈的波浪。

看到他们如飞鸟的姿势，调皮的风窜进他们的衣袖和裤管，鼓鼓的，像张开的帆，又像吹起来的气球，或许更像羽翼丰满、展翅飞翔的鲲鹏。尽管忌妒羡慕，我却不敢站到船头去摆弄竹篙。因为我小时候体弱多病，母亲坚决不许我随伙伴们去河里游泳，我就成了旱鸭子一只，胆小得很。很多时候，我只能像只鹭鸶一样伸出长长的脖子坐在船舷上探头探脑。

也许是因了这条河的缘故，我在很小的时候就喜欢上了"小英雄雨来"的故事。听大一些的伙伴一遍遍翻来覆去地讲他的故事，总是百听不厌。

这么多年过去了，我的心里一直住着一个"小雨来"。

初三的时候老师要求晚自习,下午回家吃完饭,7点之前要赶到学校。这天我吃饭慢了些,约好的同学怕迟到又没有等我,等我急匆匆地赶到渡口,伙伴们一个个都走光了。幸好那条宽大的渡船还在,摆渡的那个叫"独眼龙"的老人却不知道去向。此时,我孤零零地等在船上,希望有人过河去,希望"独眼龙"能及时出现……

可是,我在船上等了十来分钟都不见一个鬼影子,天色渐渐地暗下来,我估计是要迟到了,心里急得不行。这个时候,岸边的柳树林里窜过来一个玩铁圈的细伢子,八九岁的样子,大大的脑门上留了一小撮头发,虎头虎脑的,很机灵的样子,让人立刻想起电影《自古英雄出少年》中天地会总舵主的儿子二毛。

他在那里溜达了几圈,见我还傻傻地待在船上,就跳到船上来,问我是不是在等人。我说自己不会摆桨,已经快迟到了。没想到他比我更急,说:"哎呀,那赶紧过河呀,迟到了老师会用尺子打手板心,好痛的!"说着就用力拔出竹篙,撅起屁股朝岸边用力一点,船就离开了码头。我心里松了一口气,终于能过河去了,我满心欢喜地看着小"二毛"将竹篙左一下右一下地拨弄起来。

不一会儿,船已经到了河中心,河水越来越深,"二毛"用竹篙越来越费劲,眼看河水要没到竹篙顶了,"二毛"浑身冒汗,他的小手微微地颤抖,手中的竹篙也变得越来越重,似乎快要舞不动了。我便说,到了河心是要摇桨了吧。"二毛"说:"姐姐,我还没学会摇桨哩。"这下,轮到我慌神了,我冲着他吼了一句:"你不会摇桨干吗要把竹篙拔出来呀!"他见我生气了,便兔子一样窜到船尾去,嘴巴却嘟噜着:"别急,别急。我去摇桨,立刻就会好的!"他话刚落音,两只脚已经立在船舷上了,用手把桨摇起来,船身似乎向前挺进了一下。但只有那么一下子,接着船就像瞎子一样在河心乱转了。我急得眼泪都快掉下来了,眼看天要黑了,透出麻纱一样朦朦胧胧的光亮,我这时倒是忘记了迟到,我害怕的是河里的水猴。

小时候,常常听大人们说过这条河里经常有水猴出没,藏在河的深处,在晚上看到小孩独自过河,逮了就咬。想到这里,我不觉身子发起抖来。"二毛"见我如此害怕,便安慰说:"姐姐莫怕,有我在呢。"我嘴巴一撇,带出哭腔:"我怕水猴呢,它们会不会从河里冒出来咬我们呀?""二毛"把细细的腰杆一挺,用手向前一挥,敬了个队礼汇报:"报告姐姐,我是专门抓水猴的。"搞得我哭笑不得。可是时间一分一秒地过去,连最后一丝麻麻的光亮也被夜色吞没了,一种深深的寒意伴随着浓稠的黑暗慢慢地浸袭全身,船还在河心像只没头的苍蝇。

突然,"二毛"对我说:"姐姐,你到船头用竹篙撑着点方向,我到水里把船推到码头去吧。"我刚要阻止他,谁知他头往后一仰,一个漂亮的后翻就跳下去了,一串凉凉的水珠溅到我脸上和身上。时令已快到寒露,尤其是晚上的河水更是变得清冷,可是此刻我也顾不得那么多了,也不再一味地害怕,从没动过竹篙的我只好依着"二毛"到船头撑竹篙去了。"二毛"在水里一边用脚拍打着水浪，一边用手托着船身往前送，我在他的指挥下，左右拨动竹篙。终于，渡船缓缓地一点一点地朝码头前进，前进。

我跳上岸的时候，"二毛"水淋淋地从河里钻出来，他额上的几根头发黏在宽大的脑门上，牙齿咬得咯咯响，全身筛糠一样发抖。我知道他冷，便把外衣脱下来给他披上，他用双手把我朝前推，说道："姐姐快走呀，已经迟到了呢。"接着有人跳上船去，用竹篙点开了船，"二毛"也返身跳上船去，站在船头朝我挥手。

慢慢地，我看着"二毛"浓缩成一个黑点，我在黑暗中眼眶一热，泪水决堤而出……

而今，我已在另一座城市工作，每每面临艰苦与困难，就会想起"二毛"，想起家乡的那条蓼水河。那些珍珠般的往事，似一朵开放在暗处的向阳花，默默地播种阳光，泛出夜的光亮和清辉。

凤凰之约

女儿放了暑假就直接去了上海。我弱弱地问了声:"几时回啊?"女儿便笑,说:"妈妈真是老了,我长大了终会离开妈妈,该回时也终会回来的。"我只好讪讪地笑:"要得,要得,翅膀硬了总是要飞的,怎样飞,就得靠你自己了。你现在刚好初中毕业,出去见见世面也好,晓得这大千世界的万千变化,晓得这人世的沧海桑田。"

临别时,高出我少许的女儿拥着我,在我怀里娇嗔:"妈妈,反正在学校军训之前我自然会回来了,我走到哪里算哪里,倦了,累了,想家了就回来了。"我的心一阵触动,感觉眼睛有些不听话,我连忙转身,眨巴着眼睛跟女儿挥手告别。

我不由地想起一直未践约的凤凰之行。这么多年,我一直忙碌于柴米油盐以及芝麻大的琐碎之事,每当友人提出我们一起去湘西凤凰看看吧,看看边城的翠翠,望望沈老的故居,我便说好的,好的,这可是我多年的心愿呢,一定要去的。可每当时间将近,却被这样那样的家庭琐碎牵绊,就又说,明年吧,明年的这个时候定去。这样不知道拖了多少个明年,想想真是没有女儿的洒脱从容,想去就去,想回就回。

凤凰其实离得并不远，一念间，一抬脚，也许早就成行了。也许我是太看重这次行程的意义了，在我心里那是块神奇的土地，一直想看看在山涧之上摆渡的翠翠，那根粗黑甩响的马尾是否仍然在腰际摇来晃去，那摇橹的桨声是否等来了傩送二老？我知道沈老已经作古多年，而翠翠的影子仍然那么鲜活。活泼而纯朴的翠翠、有黄鹂一样歌喉的翠翠、倔强而善良的翠翠、命运多舛而又专情的翠翠……她是永远地活在人们心里了。

我决定趁女儿旅行出门，我也去一趟凤凰，也洒脱一回，也玩得想回才回，完成这多年的心愿。

不想，世事难料，因今年的雨水丰沛，山区多地引发水涝。我所关注的凤凰古城也在所难免。近日，看到水淹凤凰的新闻，心里咯噔一下——我刚刚确定好日期呢，前脚去买票，后脚这水涝就跟着上来了。真的是一切皆有天数！难道老天真不想成人之美？我不禁懊恼万分。刚刚受到女儿的感染，暗暗攒劲想为自己活一把，盼了这么多年的愿望却在瞬间又成为泡影。我不禁暗暗记下了这个灰色的日子——甲午马年农历六月二十日。是啊，这一泄气，不知又要到猴年马月了。

也许，一种愿望的强烈驱使会让人沉迷。本不迷信的我也变得迷信了，我隐隐约约感觉这个约定好似来自前生，我今生要实现它，路漫漫其修远兮。

这时，我想起一个朋友的趣事。每当他喝酒到了兴头上，便会说，一定要去他的一个女友家里吃顿饭、喝餐酒，不管她欢迎不欢迎。我在那样喝酒的大众场合已经听他说过多次，每次喝酒到那份上,他这话必然顺口而出。其实如果真去,也是一抬脚的事情,应该早就实现了。但我知道,这事已经莫名地成为他的愿望,想去,但又害怕真去,害怕这个疙瘩解开了,那种存在心里的美好凭空不见了。又害怕这个心愿终于了了,心里又会空落落的了。就好像我犹豫不定的凤凰之约,想去却又怕去,终于成为悬在心头的一件未了之事,成为年年月月放在心里的想头。

其实,许许多多的纠结和矛盾构成了这样纷繁复杂的内心世界;许许多多的牵肠挂肚积压在五脏六腑成为心愿;许许多多的愿望让人们懂得了遗憾和美好、爱与恨、得与失。于是,许许多多的人就有了许许多多的人生。

而我的凤凰之约,就好像渡口等待的翠翠。她的心上人也许永远不会回来,也许,明天就回。

毛边的月亮

那年，那月

那时候多苦啊。

记得在我六岁左右，母亲和父亲一起去冷水滩经商，把我们姐弟三个托付给大伯。

姐姐总是最懂事的。她每天要早起给我们做好饭菜，再从坛子里夹出几块母亲腌制的豆腐乳，她每天好像只会炒一个青菜，辣椒菜就用豆腐乳代替。吃完之后，姐姐先送我和弟弟，然后再去上学。放学的时候我负责带弟弟回家，在门口等姐姐回来做饭。有时候姐姐回来晚，弟弟等着等着，就在门口的青石板上打盹，而我总不安分，总要跑到村口去看一眼姐姐回来没有。我就这样来回跑，跑去村口看一下，又折回来看一下弟弟醒了没有，当看到姐姐熟悉的身影出现，我就喊醒弟弟一起跑过去，那种感觉好像是去迎接归来的母亲。

家里还养了几只毛兔子。一到春天，兔子就变丑了，它们身上柔软而雪白的长毛被贴着肉剪下来，露出里面红红的皮肤。它们美丽的毛被来收购的商人带到很远的地方去了。这个时候我们却很高兴，因为又可以买几个红红的辣椒糖了。可一瞅那几只疙里疙瘩的兔子，心里就像打翻了五味瓶，兔子那美丽而雪白的长毛又要等上半年才能见到了。

我们姐弟仨在家里饥一顿饱一顿，弄得面黄肌瘦。弟弟终于憋不住心里的渴望，吃饭的时候看着桌子上的清汤寡水，就开始痴痴地自言自语："爸爸妈妈什么时候回来呀？好想他们啊。姐啊，我们都好久没有吃到肉了。"这个时候大伯就来了，也许是父母估摸着我们肚里的虫子要闹革命了。大伯说："你们的父母寄钱回来了，想吃什么就可以买去，这下你们肚子里的虫虫该安分了吧？可要做好计划哟，这是你们一个月的伙食费呢。"

最令人心酸的是父母寄回来的信，姐姐拿在手上，我们紧张地问她，爸妈是要回来了吗？姐姐就拣认得的字断断续续念给我们听，念到父母说，好想我们姐弟的时候，姐姐就念不下去了，她哽咽的声音和忍不住的泪水是传染源，我和弟弟立刻号啕大哭，想止都止不住，我们仨哭成一团，要很久才能平息。

最令人害怕的是电闪雷鸣的夜晚，我们几个大气都不敢喘一口，一个个躺在床上瞪视着天花板。姐姐紧紧地搂着我和弟弟，要我们闭上眼睛，在心里数数，告诉我们数到一百的时候就会停止打雷了。弟弟总是没有数到就先睡着了，我最胆小，虽然闭着眼睛却没有真的睡着，每一道闪电过后，我的心就揪得紧紧的，我并没有像弟弟那样乖乖数数，而是在心里喊着："爸爸，妈妈，你们快回来吧，我们害怕呀，只要一家人在一起，我们什么都不要！"

这样的日子，我也记不清挺了多久。终于，母亲先回来了。接着，父亲也回来了。

毛边的月亮

母亲是下放知青,那个时代的先进分子,她带头下放到乡村时才认识父亲的。父亲精通几门民间乐器,吹打弹唱很是在行,当时被部队的文工团相中,戴上大红花、登上大卡车的时候,被奶奶拽了下来,因为父亲是家里的独苗,奶奶不肯放他出去。

母亲回来,据说是要回城安排工作了,父亲也到建筑公司做了队长,每天早出晚归。

母亲被分到一个刺绣厂工作,每天很晚才回来,还要抱着一大堆绣花枕头回来。那时的工作是多劳多得,为了帮母亲拿到高工资,我们仨分工合作,我和姐姐得学会踩缝纫机,弟弟则负责用钩针钩宝宝袜的丝带。

母亲带回来的枕头套,我和姐姐负责踩枕头套上的荷叶边。我非常喜欢那洁白的枕头套上的一幅幅刺绣图案,有鸳鸯戏水,有怒放的牡丹,有雅致的并蒂莲……而我最喜欢的则是那幅一剪梅,那殷红的花骨朵虽没有牡丹的雍容华贵,没有玫瑰的艳丽与娇嫩,却小得坚强,红得热烈,不惧风霜雨雪,傲然挺立。这个小小的风雪中的生命是那样鲜活,含笑带泪,楚楚动人,给人向上的力量和温暖,给人勇气与希望。

我和姐姐每天完成作业,还要踩百来个枕头套上的荷叶边,有时候踩得急了,容易断针。我几次不小心被针扎到,鲜红的血冒出来,有时候不小心滴到了洁白的枕套上,那晕染开的殷红活脱脱地成了一剪梅。我却非常兴奋,忘记了那锥心刺骨般的疼痛,赶紧换上红色的丝线,把那溅开的一朵朵梅花用红色丝线绣出来,居然非常逼真,很是漂亮。这个时候,我笑得尤为灿烂,感觉自己变成了那一朵朵在严寒中绽放的梅花。

母亲和姐姐看见我包扎的手指,问我疼不疼,我却幸福地笑了,说,只要一家人在一起,要我做什么我都愿意,这样的痛算不得什么,远远没有亲人分离的那种痛厉害。听到这里,母亲的眼睛就落了灰尘,她紧紧地搂着我们,生怕我们突然就不见了。她说,傻孩子,那时苦啊,你们都还没有出生,爷爷奶奶都过世了。家里什么都没有,我和你父亲也是被逼上梁山啊!现在就是再苦我也不会离开你们了。

往事虽已久矣,每每回想起来却像那幅啼血的红梅,鲜活而生动,掺着痛楚和着幸福,让人久久不能忘怀。

在我的心里,梅花已经生生地烙在我的心灵深处,催我奋进,激励我向前,永不停息。

人生路上,不管我们遇上什么苦难,这朵梅花总能渡我们安然过河。在裹挟的风雪中行进,在严寒的冬天里绽放,并且暗香醉人……

毛边的月亮

生命如水

　　有朋友经常为我的消费观感到不解，而我对她们的生活观也同样不解。我们生活在同一个城市，我除吃饱穿暖外稍微有些结余，应属中产阶级，而她们的财富和房产都比较可观，当属上流社会。
　　也许谁都是喜欢钱的，也不想浪费一分钱。但我开支的项目多是花在孩子的身上，我宁愿给自己少添一件心仪已久的衣裳或首饰，但对孩子的教育和兴趣的培养总是很大方。每当有朋友诉苦，告诉我手气不好又输掉多少多少钱时，我就告诉她，我也刚刚支出一笔开销，跟你输掉的差不多呢，她便觉得心理平衡了。她便问我，开销了什么？我说，给孩子交了一年的钢琴学费，对于我这个刚好可以吃饱穿暖的人来说，数目还是较为可观的，每年的开销如流水。她又问，那你觉得心疼么？这笔钱也许会让你在其他的地方不得不节衣缩食，也许会扼制了自己的许多愿望。我便微笑着告诉她，只要是装进肚里了，我认为就值。只要他愿意去学，我就会尽我所能。也不是说学了一行就要在这个行当成名成家，只希望可以修身养性，也可以做业余的、精神层面的消遣。

在这个日益孤独的世界，人们注重的也许不仅仅是吃饱穿暖，也许这早期学来的东西会在他失意的时候充实他的人生，填补寂寥时的那一隅空虚。"长江后浪推前浪"，我们较之父辈已是一次飞跃，我们的下一代应该有更宽广的平台，只要他愿意进取，为人父母当然要积极配合与鼓励。

我不是强调一定要提高综合素质，也不想给孩子徒增压力，我只是觉得在孩子愿意接受、愿意进取、愿意为自己的喜好一搏时，助他们一臂之力，实现他们自己所选择的人生价值。当我老去，我会告诉我的子孙后代，我没有留给他们财富，因为我的财富已经在早年就全部交到他们的身上了，只是希望他们活得充实，有思想有追求。我不愿他们用祖辈的财富去养活自己，我亦希望他们以后对自己的后代也能如此。不要把财富囤积，而要思考花在该花的地方、值得花的地方，永远不会后悔的地方，能实现价值的地方，能激起他们斗志的地方。就像生命之水，不停地前进、不断地发现与创新，乃至生生不息……

其实生活在这个世界的人们都是为自己的幸福忙碌着。有人一生为房产，有人为工作，有人沉迷于财富，有人喜欢旅行，有人看重投资，亦有人沉迷于笔墨书香……这都是他们的生活方式和态度，各人对幸福的看法和理解各异而已。在我们的一生之中，钱如流水，生命亦如水，在流动的过程中减少些许遗憾，些许懊悔。至于怎样去动，也都是随自己的喜好出发，也只是一种人生态度，也许人在冥冥之中，自有天命，也谈不上孰对孰错。

毛边的月亮

　　为此，我又想到水，流动是它的生命。生命如水。它只有不停地向前奔流，经过大山、树木、花草和坚硬的岩石，它柔软的身体被一次次磨砺、一次次新生，它在不停地流动中不停地检阅自己，最后汇入大海。如果它被阻隔，不能行进、不再流动，便会成为一潭死水，蓝天和白云会倒映出它腐朽的肢体，在阳光下化为乌有。生命倏忽之间也会像水滴一样蒸发不见，无影无踪。

　　也常常感叹命运的无常，谁也不知道自己的天堂之门何时敞开。过好每天，充实每天，不管怎样，按照自己的心愿前行，不要成为一潭死水，也许会减少许多憾事。当生命流逝，一种精神永存，一代代地流传下去，就像永不停息的水，拥有常新的生命。

　　我想，每个人所希冀的，莫过如此。

春风沂水

据说，高沙古镇被评为中国历史文化名镇，这个实至名归的盛誉让高沙这片古老而神奇的土地又多了一份神秘。

高沙镇最初的名称叫高沙市，秦汉时建街，唐宋时称市，明清时臻于鼎盛，迄今已有1300多年的历史。高沙镇地处邵阳市西部，以镇为单位，属于洞口县最大的名镇，是全国1887个重点中心镇之一，享有"五里长街，烟景繁华"的"小南京"美称。其区域和人口均占有比较大的比例，而且商贾云集，发展速度较快，早些年就有了"乳猪之乡"的称谓。当然，最有历史文化底蕴的还是这里的书院和宗祠。这个"中国历史文化名镇"的称号让有"天下宗祠"之称的洞口县添砖加瓦，境内保存近百座古宗祠，古朴而隽永，那些历经风雨的青砖碧瓦静默于蓝天一隅，似乎在向人们诉说着一个个古老的传说。

有着深厚历史底蕴的高沙八景是为人们所缅怀的，而其中的曾八支祠更有着丰富的历史气息，是一座集古宗祠建筑群、革命纪念旧址设施群和地方文史收集展示机构于一体的大型民间博物馆，其深厚的文化内涵为时下流行的文化旅游提供了较高的观赏价值。

曾八支祠位于洞口县高沙镇北郊1公里处的红鹅村，始建于清乾隆七年（1742），同治七年（1868）至十三年（1873）复修，是湖南乃至全国迄今规模最大的宗祠古建筑之一。

同时，这里又是宗圣孝文化的传承基地。曾氏宗祠宗圣阁主要供奉曾子牌位及"宗圣遗像"石碑。曾子得孔子真传，以孝行著，皇封"宗圣"。山东嘉祥宗圣庙之"宗圣遗像"原物毁于"文革"，故八支祠所存"宗圣遗像"现为海内孤品，珍若拱璧。曾子塑像，冕旒袍笏，端坐在神龛之上，上方高悬雍正帝御题"道传一贯"金匾，一如山东曾庙之制；左右两明间刻有历朝封赠敕旨二十八幅，皆以樟木刻成，通体九龙盘绕；两侧墙面各立四块巨型石碑，分刻曾子著述的《大学》与《孝经》，宽敞壮观的殿堂在众多的匾联辉映之下，庄严肃穆，古香古色，如同历史再现，让人深深地感受到儒家的美德与文化。

大殿正中的那块"一家仁让"的匾额，为清代著名外交家曾纪泽所作，其父曾国藩的对联分立两侧——"资水如带，凤岭如屏，四面四环淑气；孝子在周，忠臣在汗，千秋无愧宗风。"此联为已故现代书法家史穆所书。其中，"春风沂水""一家仁让""同归于厚"这三块匾额为曾氏祖孙三代同祠献艺，这样的风雅之事历史上可算罕见，因此愈显珍贵。这些真迹虽然年代久远，不免蒙尘斑驳，但丝毫没有影响到其珍贵的原生态功底，风貌古朴而显儒雅之气。曾国藩28岁中进士之时，曾题对联"武城道德永做藩篱，蓼水潆洄好寻支脉"，抒发了对高沙蓼水河的赞美之情。

祠内还收藏了其他宗祠或名胜的石刻楹联多副，这是将高沙镇内及其附近已被毁坏又无力复修的宗祠或名胜的石牌楼搬迁到曾氏宗祠之内，作为馆藏品，使之得到更好的保护与传承。这些石刻楹联近30幅，其词句功于用典，寓意深刻，对仗工整；书法字体规范，笔力遒劲；刻工刀法圆润，深浅得当。这些石刻楹联充满了人文气息和艺术魅力，凸显出儒家文化与书法石刻艺术相得益彰之美。

1938年，黄埔军校第二分校第十六期一个总队、第十七期二个总队与第十八期一个总队以及战时第三后方医院设在曾八支祠，历时七年。中央陆军军官学校第二分校由武昌迁至武冈，简称"黄埔军校武冈分校"，其驻高沙总队队部设于此。

高沙曾八支祠年代久远，一砖一瓦都有着历史的印记，这里的宗祠文化、石刻楹联笔墨生香，显示着一方山水的古老文明与地域风情的神秘魅力，是国内宗祠文化发展的新动向，是高沙古文明的一张新名片。那些古朴而承载着千年文明的宗祠文化，是游览圣地，那些古老的传说，正吸引着千千万万的人们来这块神秘的土地寻根、观赏、研究和开发。

如今的祠堂保持原汁原味的已经不多，大部分都因为年代久远而破败坍塌，或者被征为他用，而对于宗祠后裔，祠堂需要仰视，祖先更需要祭祀，中华民族传承了五千年的宗祠文化是不可丢的。古人云："参天之木，必有其根；环山之水，必有其源。"崇尚根本，弘扬祖德，是一代一代人的精神选择。姓氏是一种符号，更是一种血缘的归属。因而，姓氏的溯源也成为一种寻根文化，百姓也会自觉地守护好祠堂。为此，从

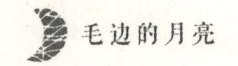

家族的认同扩大到国家的认同,也会由宗祠团结扩展到民族团结。

　　而今,宗祠文化的复兴正走向高潮。高沙曾八支祠这个古老的祠堂也会随着历史的潮流被千千万万的人们所重视和景仰。

往事是一朵木棉花

其实大部分女人都要经历从女儿到媳妇的阶段，而这种亲情的磨合也是一种艺术，芸芸众生，谁家里都有本难念的经。

我当然懂得跟妈妈的相处与跟婆婆的相处是有些差别的，每次跟妈妈赌气斗嘴的时候，妈妈总是絮絮叨叨地数落我："在妈妈面前你可以任性可以撒娇，甚至可以发牛脾气，以后进了婆家可要注意点，婆婆可不是妈妈呢，到时自有你吃亏的时候。"我听得耳朵都起茧了，自然是左耳进右耳出的，不以为然。心想，这人嘛，总会懂得仁义与慈爱，尤其是长辈哪会跟自己的孩子计较对错，虽然不是婆婆所生，但是儿子总是她生的吧，爱屋及乌，也不会把媳妇亏待到哪里去。

不承想，这天下之事可不是凭自己妄加肯定的，冥冥之中，一切皆有天数。

当我结束了做姑娘的日子，正式成了媳妇，才知道粑粑是米做的。最初的日子，还有着姑娘的天真，换了环境，换了接触的人，感觉新鲜而特别。妈妈交代的话这次倒是牢牢记在心里的。我嫁的地方离家里较远，风土人情完全不同，譬如：夫家是在大年三十和初一祭祖的，大过年的在一堆堆黄土面前三磕九拜，香烛纸钱炮火隆隆，那阵势在我的家乡只有清明时节才有，大过年的，这些都是比较忌讳的，真的是一方水土养一方人。他们叽里咕噜的方言在我耳里像炒豆子一样蹦来蹦去，十天半月都是夹生的，炒得半生不熟。但我也不以为然，爱人当时还在部队，有两个月的婚假。每当说话的时候，总要喊他过来翻译，那种感觉蛮自得的，也蛮好玩，好像生活在另外一个国度。从雪峰山东麓到澧州平原也算得上比较遥远了，相距差不多六百公里，我的眼前也由一片黄澄澄的稻田变成大片大片的棉花，眼里苍翠起伏的山峦慢慢地变成了一马平川。

　　为了讨婆婆的欢心，我也跟着他们一起去地里劳作，种棉花杯子。我见过莳田打禾，却没有见过栽种棉花。看到老公用一根铁器用力砸出一个圆形的坑，再把一个个圆形的棉花杯子放进去，我也操起家伙去帮忙。由于不懂得种的次序我是越帮越忙，父亲乐得直不起腰来，连说："娃儿，你去一边玩玩，这不是你能干的活儿呢。"我羞得满脸通红，乖乖地在一旁观战。回到家里我又拿起笤帚扫地，父亲又夺过去，不让我扫，嘴巴里嚷嚷着："你们去外面玩去，好不容易回来休假，家里不用你们操心的。"爱人就拉着我去外面逛了，然后朝我眨巴着眼睛问："你知道父亲为什么不让你干活吗？""为什么？"我有些不解，妈妈在我出嫁的时候就交代过："一定要低头顺眼，一定要在公婆面前规规矩矩的，勤快点，别像在家里一样，日上三竿了还赖在床上。"我是想表现一下的，可是父亲总不给我这个机会，要不就是我抢着干了，却做得一塌糊涂，最后还是要父亲去收场。可是父亲也不生气，整天笑得合不拢嘴,好像他捡了个宝贝似的。我爱人神秘兮兮地告诉我:"父亲认为你是有单位的人呢,比庄稼人珍贵,能跟着我一起过日子,他对你很稀罕的,物以稀为贵呢。"我猛然想起,家里虽然简陋,却明窗净几,父亲每天早早地起床,第一件事情就是把屋里屋外收拾得干干净净,连地上掉根针都能看得见,笑呵呵地跟路过的人打着招呼,嘴巴里不停地说,城里人爱讲究呢,可不能邋里邋遢的。最让我感动的一件事,就是他知道我喜欢吃猪肝,竟然天不亮就起床,那时还没有公交车,他拿个手电筒徒步十多里地到县城去买,等他回来,我还没有起床。

这样的日子是看得见的幸福,而这种幸福对于我来说,却短暂得近乎残酷。

世事难料,天有不测风云,父亲出乎意料地去世了,连他的孙女都来不及看到。我和爱人千里迢迢一个从北一个从南赶回去,看到堂屋里那口漆黑的棺材和父亲慈爱的照片,我和爱人悲痛欲绝,我不敢相信,我和父亲竟然只有三个月的缘分!出殡的时候,我看到后面黑压压的一片戴着黑纱的人们,他们个个神情悲痛,默默地垂泪。我知道爱人家里人丁单薄,怎么会突然之间冒出这么多的亲人来?我不禁感到好奇,爱人告诉我,这是村子和邻村的人们自发来的。父亲去世时,我们还没有赶到家里,都是他们帮忙装殓的。父亲在生的时候,为人仁厚,乐于助人,谁家里有个什么难事,只要跟他说一声,他就会竭尽全力,他的热心肠是远近闻名的。我看着后面肃穆的场面,不禁对父亲又多了一份敬重。

爱人是家里的独子，为了照顾婆婆的感受，担心她孤独寂寞，我停薪留职带着不到三岁的女儿去了老家。接下来的日子变得昏天黑地，我和婆婆成了乡村一隅的风景。父亲还会用夹带着普通话的方言，我基本上是能领会的，而婆婆的语言完全是俚语，她嗓门很大，气势汹汹，哗啦呼啦的。她要么就是对我不理不睬，要么就是毫不留情地一顿乱骂，引得周围的邻居探头探脑。虽然我不能完全理解她的意思，但是从她的肌体语言能明显地感觉到，她是在骂我呢，我横竖是听不懂，干脆不生气，还时不时地跟她开玩笑，要女儿去逗奶奶开心。

可是，有一次，我看见女儿抓了一把瓜子给她奶奶送去，婆婆面无表情地接了瓜子，却一把推开女儿，女儿一个趔趄差点摔倒。从那之后，我知道婆婆不仅不喜欢我，也不喜欢孙女。

婆婆有个习惯，几十年如一日，她每天下午太阳还没有落山，就要进屋就寝了。早晨是凌晨5点不到就要窸窸窣窣地起来了，那时的我还在床上酣睡，由于有时候睡得死，居然喊不醒我，她干脆用高压锅猛力地撞击，我惊得一跳而起，马上穿好衣服去做饭了。由于我不会干农活，我每天的任务就是做好一日三餐，带好孩子，包揽所有的家务活。其他的还好办，最令人烦恼的就是早起，我黑灯瞎火地起来做饭，有时候吵醒了孩子，孩子哭哭闹闹的，婆婆不会帮把手，还骂骂咧咧地又上床躺着了，我一边手忙脚乱地搞饭菜，一边要去哄孩子。

这个时候我才想起，父亲在的时候，婆婆一般是不言语的，现在轮到婆婆说话了，我愈发地怀念故去的父亲，怀念那昙花一现的美好。

当然，光是累点是算不得什么事的，我最怕的还是晚上。我住的那间屋子的木门几经沧桑，因为以前没有打算来老家住，也没有修葺，里面是反插的木栓，我总感觉不安全。果然，在一个伸手不见五指的晚上，我被一阵窸窸窣窣的声音惊醒，有人在用什么东西从外面拨动门闩，我吓得缩到被窝里发抖。一想，不对劲啊，我得把他赶走呢，如果他进来了孩子也不安全。一种母性的力量使我把头又伸出被窝，我把灯拉亮，屋里立刻亮堂堂的，我来了勇气，大声地呵斥。没想到，我越是叫骂，撬门的声音越是响亮，根本不把我当回事。这下我吓坏了，赶紧下床跑到婆婆的屋里去，一看，婆婆正睁眼看着我狼狈的样子，我跟她比划着，惊恐地在屋里寻找可以对抗的武器。婆婆一副事不关己的样子，一声不响地转身，晾给我一个冷背。看着婆婆不愿跟我并肩作战，我顿时泄了气，像一只惊慌失措的老鼠。幸好邻家的狗在帮我狂吠，天也开始擦亮，那人终于放弃了动作。我差点崩溃，幸亏孩子睡得死，没有被惊醒。我左思右想，觉得那人应该是村庄的熟人，知道爱人不在家里，家里就只有老少三个女人，不然不会这样大胆。我赶紧把夜里的事情告诉了伯父，伯父跑到天井里一顿喊，扯着嗓子叫骂。到了晚上，我不敢睡得太死，但是果然安静了许多。

日子一天天地挨着，天公也不作美，连续下了几天的小雨大雨，婆婆住的那边是修整过的，下暴雨也无碍，我的房子却是外面下大雨里面下小雨，棉被湿得能拧出水来。时逢十月，天气转凉，我担心女儿感冒。这里是棉花之乡，别的没有什么，多的就是棉花棉被。我向婆婆借一床棉被，不想她却暴

081

跳如雷，噼里啪啦地一顿诟骂，骂得我找不到北。我喃喃地嗫嚅着，求您了，求您看在儿子的份上、看您孙女的份上……她骂够了，还是拿出了一床被子，我赶紧去接。没想到，她一把狠狠地摔在地上，还踩上一脚，再外加一口唾沫。我当时就蒙了，我看过电视里面的婆媳悲情片，那些电视剧中的婆婆磨媳妇是出了名的狠。当事情活生生地在我面前发生时，我还是没有做好准备，我伸手捡起被子，眼泪却簌簌而下。我感到从未有过的失败，家里的大小事务我都没有告诉远在塞外的老公，我懂得远方的人对家的牵挂和思念，我不能让他心挂几头。我深深地理解他的苦痛，他不能做鱼与熊掌的取舍，我不能把这个烫手的山芋抛给他。

每当这样的时候，我总想起我的父亲，他的音容笑貌还是那么清晰，那么年轻。我感觉父亲的一生就像这里土生土长的棉花，看似平凡，却能无时无刻地给人以温暖和力量。

但是为什么婆婆这么不喜欢我呢？我一直找不到答案。我觉得我做得也蛮到位了，虽然不会干农活，但孩子还小，白天晚上的照顾，加上所有的家务活，也并不是一件轻松的事情。每次接到老公的电话，我都开心地笑，说着一切都好，勿挂勿念。

是的，"人有悲欢离合，月有阴晴圆缺"，日子总是看得见的，像一朵向日葵，向着阳光，向着一地金黄。

老公回来看到那个变形很厉害的高压锅，若有所思，他说，真是佩服了你，居然跟母亲生活了这么久。你来到澧县这么久硬是没有发现一个细节，母亲从来都是沉默寡言，性情怪异，身边没有一个朋友，连至亲的人都不愿与她交往，真是苦了你了。老公的话让我顿时释然。我心里一直提起的石头终于放下。人生如海，坎坎坷坷，可谁都不是圣人，这世间有太多的人和事需要相互包容，何况她是我们的母亲，是孩子的奶奶。我又想起父亲，只跟我相处了两个月，却永远活在我的心里了。他用两个月的时间教会了我的一生，让我懂得心存善念的重要性，懂得永远不要给自己留下遗憾；懂得做人的道理，懂得善就在身边，在每天的生活里。

老公因为工作关系，转业到我的家乡县城工作。因为我的房子是楼房，婆婆的一只腿有风湿，上下楼梯不方便，我们只好安排她跟我父母住到一起，他们住的是平房，也方便照顾。婆婆虽然年逾花甲，却还没有到耄耋之年，生活还可以自理，她仍然过自己一日三餐的日子。

我的家乡是有"小南京"之称的高沙古镇，民风淳朴，古香古色。一踏上这片土地，我就感到特别亲切，像是久别的游子回到母亲的怀抱。以前的那些不快也全部丢到九霄云外了。我们每周总会在休假的时间领着孩子去高沙看望老人。一回到高沙，婆婆就会一反常态地来迎接我们，不停地说着她在这里发现的新生事物，每每她的目光与我相接，只会有一瞬的停留，便会移开。我知道她突然的转变，也许跟换了环境有关，我能理解她的心境，我知道当一个人在完全陌生的地域生活时，那种深深的无助甚至惊恐。看到婆婆小心翼翼地掏出糖果，分派给玩耍的细伢子，我为她感到高兴。在自己家乡没有一个朋友的她，竟然在异乡有了自己的朋友和玩伴。

一次偶然的机会,我去参观了现在时兴起来的宗祠文化——高沙曾八支祠。我看到了曾子的石刻像,看到那一块块长条形的林立如云的灵牌位和遗像。置身其中,感觉庄严肃穆,那些古朴的青砖碧瓦,橡木画廊,无不有着历史的沉淀,召唤那一个个远去的故事返璞归真。

在这个人心悬浮的大千世界,人生几何,如幻如梦;赤条条来赤条条去,终会归于尘土。我突然想到,亲人之间,妯娌之间,朋友同事之间,争名斗利,爱恨情仇,一切都如佛家所言,因缘因果。而最后谁都会浓缩成一张底片,或者是那长条形的牌位,甚或一个符号。我知道我的婆婆和父母,包括我自己,都会成为其中的一张标签。这个时候,我突然豁然开朗,心里的尘埃被一扫而空,变得明净而透明。

道家有言:"上善若水,水善利万物而不争。处众人之所恶,故几于道。居善地,心善渊,与善仁,言善信,政善治,事善能,动善时。夫唯不争,故无忧。"

我一抬头,好像看到天堂中的父亲,正笑吟吟地看着我们生、老、病、痛……

春望草木深

女儿从一出生就没有见过她的爷爷，这次带她走了9个小时的高速去给她爷爷扫墓。在她爷爷的坟前，女儿跟着我们一起双手合十，虔诚地磕头。趁着缕缕青烟朦朦胧胧，我们开始絮絮叨叨地告诉先人：今天是什么日子，大家都齐齐来看望您了，请您保佑后人——平平安安，大富大贵，光宗耀祖……其实这些话语只能说给自己听，也是说给那春风吹又生的草儿听，它们每到春天必生机盎然。

那能挤出水来的绿，更是赋予了大地崭新的生命，让人展望，给人希望与力量。它们从南到北地延伸，无穷无尽，郁郁葱葱，显示着惊人的生命力。

而最让她好奇的是爷爷怎么这么年轻就离开了人世，是病痛、灾难还是意外？面对她执着的疑问，我与她爸爸面面相觑，一时竟不知从何说起。我爱人只是告诉她，爸爸的童年是很幸福的，因为爷爷是这个世界上最疼爱孩子的爷爷，可惜你不能像别的孩子那样享受到爷爷的宠爱，爸爸欠你一个幸福的童年。

当然，她爷爷只是个布衣平民，他的死谈不上人性光辉的一面，甚至是低沉而灰色的基调。我该怎样跟她说起呢？

女儿也是坚强的，一路走来，虽然没有爷爷和奶奶的疼爱，她一样茁壮地成长着，她的心灵并没有我想得那样脆弱，也许正是这样的环境磨砺了她的意志，让她更能懂得生活的磨难和生命的可贵。

想到这里，我心里松了一口气，如释重负。我用异常平静的语调告诉她："你爷爷是自杀而死的，享年五十四岁。"女儿显然做好了准备，但她还是瞪大了惊恐的双眼！她有些不能置信，好像这是离她多么遥远的事情。

当悲痛过后，我们开始寻找答案，我们清楚地记得当我们与父亲分离的时候，他还是那么健壮和开朗，还是那样活生生的一个人，他的音容笑貌还是那么清晰，我好像还能看到他笑吟吟地把几个煮熟的鸡蛋塞到我包里，嘱咐我们出行要注意安全。

父亲知道我喜欢吃猪肝，我们离开的那天清晨，他凌晨4点不到就早早地起床了，那时还没有公交车，他徒步走了十多公里去集市给我买来新鲜的猪肝，当他一个劲儿地往我碗里夹猪肝的时候，我的眼泪簌簌而下。我感到愧疚和不舍，我只能跟他待上三个月，就结束了这短暂的热闹和欢乐。因为爱人部队的假期已满，而我也要回去上班。

我永远记得那次在棉花地里，父亲突然喊我不要动，他快速地走到我后面用手去抓那蛇的七寸，那蛇又粗又长，缠得父亲面色青紫，我生平最怕这东西。这是一条毒蛇，父亲的手指被咬了一口；立刻肿得吓人，父亲却没事一般，用水冲洗一下，放出许多血来了事。老公后来告诉我，其实父亲也是最怕蛇的。我久久地盯着父亲，心里不由地一阵感动。

父亲自杀的原因，终成为一个谜永远地埋在地底下了。

听完了爷爷的故事，女儿忍不住流泪。

女儿不再言语，也许她感觉生命是那样的脆弱，有时候不堪一击；生命又是那样顽强，就像春天的草，坚韧，蓬勃向上，生生不息。女儿对我说，妈妈，我很想写一篇作文，题目就是《为生命而歌》。是的，为生命而歌，珍惜生命，把温暖传递给每一个人，活出自我，活出精彩！也许，这才是她们这一辈人肩负的时代使命……

看着女儿，我思绪翻飞。我毕竟不再年轻，想到父亲，想到芸芸众生，抬眼望去，春色新，草木深。

蓼水之湄

记得语文老师姓谢,很年轻,才二十出头,操一口流利的普通话,带着东北口音,据说是从黑龙江回来的大学生。那个时候教学的老师大多是操一口地方话,能用纯正的普通话授课和交流的几乎是凤毛麟角。

学生们很调皮,还欺生,资历老些的、说话粗犷与严厉些的本地老师基本上能压住台面。唯独这位新来的年轻的语文老师在台上压不住阵,他从来不会跑到座次表那边看一看,记住喜欢捣蛋的学生名字。他长得高高大大,却经常被那些调皮的男生气得语无伦次,面红耳赤。比方说,他在黑板上写上"关关雎鸠,在河之洲,窈窕淑女,君子好逑"。先是自己抑扬顿挫地读一遍,然后喊个学生再读一遍,女生还是乖乖地照读,男生是否听话就要看老师的运气了,那些顽劣的男生就会拿腔捏调,故意把低声读成高音,平仄不分,把个"君子好逑"的"逑"字拖出半里路长,眼睛半开半闭,摇头晃脑,还单手放在胸前念声"阿弥陀佛"才收手。同学们便哄堂大笑,教室里炸开了一锅粥。他那白皙的长脸就羞得红彤彤的了,跟一个待字闺中的大姑娘家一样,娇娇弱弱的,总粗暴不起来,板子拍不起来，眼睛也不会怒目圆睁，更不会像别的老师那样大喝一声，让调皮的学生到走廊上去罚站。记得念小学的时候，老师惩罚不听话的学生总要用根竹板子打一下手掌心，然后要他站在讲台上擦黑板，或者放学后罚抄五十遍作业，或者就是写保证书第二天在班上念。总之，惩罚的方法花样百出，总让学生有几分畏惧。可这位老师只知道站在那里吸气。有时候真是被他们气得浑身发抖，眼睛都红了，终归还好，眼泪没有流出来，否则真是斯文扫地。到底是大城市打的底，修养很好，他这种人真是不适合在我们这样的小乡镇教书，真是应了那句老话"百无一用是书生"。很多时候，大家都为他捏了一把汗，生怕他气跑了，再不来上课了。还好，气归气，一堂课他还是耐着性子上完了才走。

也是怪，班主任一来，教室里便鸦雀无声。班主任一转背，教室里就开了锅，弄得他也是哑巴吃黄连，没得整。许是他光溜溜的下巴让那些荷尔蒙分泌旺盛的男生不能服气。

语文老师总喜欢无事时喊我去他办公室，有时候拿出一摞作文本出来要我帮他看，有时候是试卷，但有时候他什么都不拿，就要我陪他说说话。我是个胆小又不善言辞的学生，他说什么，我基本上只会点头或摇头，他问什么，我就瞪大眼睛看着他，一副很迷茫的样子，他就笑笑，说："你莫要紧张，就当是你们的大哥哥吧。"然后问道，"你回家要过河吗？"我点点头。"你会划船吗？"我又摇头。"这所中学以前为什么要叫作蓼湄中学呢？是跟这条河有关吗？""应该是的吧，在水之湄，古来有之呀。""嗯呢，还是用蓼湄好听些，显得诗意盎然，用个地名总觉得生硬和死板，了无生气。不管他们喊什么，我们还是喊蓼湄中学吧，我喜欢这个名字，喜欢这条蓼水河，我母亲就是这条河哺育长大的，她一直希望我能回到老家去工作，为家乡贡献微薄之力。"他又问我："你喜欢看课外书吗？"我点点头，忙又说："上课时间可没有看的。"他说："看就看了，我又不收缴你的。你看的是艾捷尔·丽莲·伏尼契的代表作《牛虻》？看完借我看看呗，保证有借有还。""好呢，好呢。老师这么远的人怎么会到这里来教书的？"我又问他。这也是我心里一直存在的疑团，那个时候的大学生是很吃香的，他完全可以留在大城市，我们这里的老师都是周边的当地人，正儿八经的外地本科生就他一人。他顿了一下说："母亲得了重病，非常想念自己的故乡，却又不能回来。快要闭眼的时候，告诉我在蓼水河的旁边，有一所蓼湄中学……想想我真是没用，够怂的。"说着，眼睛就又红了，我便茫然无措地望着他，不知道该说些什么。他吸了吸鼻子，说："你还小，不会懂得我的苦衷。我放弃了多少次大好的机会呀！我只是想把心里的苦闷说出来，这样会舒服些，等你长大了你就懂了。"然后又叹气："哎，不讲了，不讲了，我跟你讲的千万莫要讲出去，我可怕人笑话我呢，这是我们之间的秘密，好吗？"我坚定地点点头。

十多年后，我回到故乡，同学们说起当年的语文老师已经离开蓼湄中学了。据说他结婚后，他小姨子得了一种怪病，他倾家荡产地给小姨子治好了病，可是他妻子却跟他离了婚。他后来自学拿到了博士学位，离开了这个伤心之地，谁也不知道他去了哪里。

　　此后，每次回到家乡，我都要去看看蓼湄中学，就会想起我的语文老师，想起他斯斯文文的笑、他羞红的半月形的长脸。他跟我说的那个秘密在我心里爬墙虎一样枝叶蔓延，我的眼睛便盈满了泪水，我不知道是家乡辜负了他，还是他辜负了家乡。

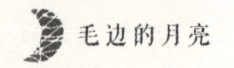

梅 花 烙

母亲是家里的灯,是盆上的炭,是雪中的梅。"母亲在,家在。母亲在,天地都在。"这话说得真好,说到心坎上去了。

逢年过节,便要回家去看看,母亲最喜欢的事情就是展露她的厨艺。我们一起去街上买菜,母亲步履缓慢,气喘不已,我便不准她去,说自己去买回来便是。母亲不肯,嗫嚅着:"就算陪我走走吧,你们回来一趟也不易。"母亲兴致勃勃,我也只好依了她。母亲真的老了,银丝如雪,脸上阡陌交错,再不是以前那个明眸皓齿、号称"小百灵"的标致美人了。

记得外公说过,母亲曾经到他工作的九江铁路局待过一段时间,因为她喜欢唱歌,声音柔美洪亮,模样也生得标致,很多人喜欢听她唱歌,外号"小百灵"。当时有位年轻的铁路工直接跑到外公那里送了一匹花布给母亲做新衣,并以此保媒,要迎娶母亲。因为外公有八个子女,夭折了两个,还有六个,全家都指望外公一个人的工资养家糊口。母亲是老大,把她嫁出去了家里的经济也会宽裕些,在铁路上还可以解决母亲的工作,她的口粮就可以给弟妹们余下了。谁知天有不测风云,许是天意,母亲的命运不在铁道线上。她出嫁的当晚就开始查户口,"文化大革命"开始了,母亲当晚就被逼着回了老家。

母亲虽出身贫寒,但读完了初中。她心灵手巧,几岁就会织布,帮外婆照顾弟妹,操持家务,十六岁下放到农村,然后嫁在农村。1979年回城,1980年安置在一个镇企业办的绣花厂工作。由此,我们姐弟仨也就随母亲的户口,成了名副其实的半边户。

母亲成家之后,爷爷奶奶相继去世。姐姐出生就没有爷爷奶奶照顾了,父亲又是独子,母亲要一边上班一边照顾我们姐弟仨。幸亏她勤劳聪慧,在单位绣花是一把好手,还会自己裁缝衣裳,挣得的工资总是最高,总算还能勉强度日。母亲绣的鸳鸯戏水、孔雀开屏、荷塘月色、傲雪寒梅等都栩栩如生,让人爱不释手。尤其是梅花堪称一绝,各种形态的梅花都能绣出风采来,含苞欲放的,寒冬怒放的,早梅、冬梅、雪夹梅等形态各异,风骨万千,让人惊艳不已,因此母亲在单位号称"一枝梅"。

母亲喜爱梅花,总以梅的风骨和精神告诫我们:做人要经得起磨难,守得住寂寞,受得了委屈。为人要诚,做事要端,要有"零落成泥碾作尘,只有香如故"的品行。记得有次母亲很晚还没回家,姐姐看我和弟弟挨饿,便到外面去找吃的。那时谁家里都很穷,哪有吃的匀给我们?姐姐看到旁边的菜地有几棵大白菜,便拔了棵回来,想洗干净了煮给我和弟弟吃。没想到白菜刚洗好还没下锅,菜地的主人就过来了,一把夺过姐姐手上的篮子挂在屋门口的桃树上,气势汹汹地说:"不许吃!等你们大人回来了给他们看看你们干的好事,街巴佬!"我们都吓坏了,姐弟仨抱成一团,瑟瑟发抖。那时我们虽住在乡下，却没有土地，都是靠母亲的工资度日，父亲一个人的土地少得可怜，便给了他的异姓兄弟去种，他到很远的洞庭湖那边做事去了，一年才回家一次。村里的老老少少都喊我们是"街巴佬"，我们姐弟仨也时常被村里的小孩追打，因为成分不同，我们住在这里好像有点格格不入。母亲回来后，在那人唾沫四溅、添油加醋的高声控诉中一言不发，脸色铁青。她搬了一架木楼梯过来，把姐姐吊起来绑在上面，又从家里拿了根皮带出来，搬了把烧火凳让我和弟弟坐在一起，看着吊起来的姐姐。母亲用皮带狠狠地抽打姐姐，我和弟弟吓得哇哇大哭。直到姐姐被打得皮开肉绽，哀嚎不已，那人才满意地取下那篮子白菜，扬长而去。母亲把姐姐放下来，抱着我们姐弟仨放声大哭。从此，不管母亲回家多么晚，我们都饿着肚子，从不会到别人家地里去看一眼。那一年，姐姐还不到十岁，弟弟四岁。

母亲有句口头禅——"各做各的人，各烧各的香"，尽管村里的人对我们白眼相向，她都不计较、不放在心上。对村里的贫困户、孤寡老人，她都会挤出口粮给他们送去。逢年过节的，也会给他们缝制新衣服送去。慢慢地，村里的人们都喜欢上了母亲，不管男女老少也随着村里的族谱开始亲热地喊她"满娘"。

后来，我们都长大成家了，条件也慢慢好了。母亲因为多年的操劳，一头青丝早已变成了白雪，身体也是每况愈下，小病不断。但她从不会动不动就喊我们回去，总是悄悄地在家里熬药，实在坚持不住了才去医院看看。家里不管是谁的生日，也不管你回不回来吃，她都要过来弄一桌子的饭菜摆好，风雨无阻。

母亲姓曾，叫小梅，梅花的梅。

夜幕下的少年

想着久远的心事，夜幕开始悄悄地降临，微热的风儿吹拂着窗台含笑的百合。电脑的荧光灼痛了双眼，我微微地伸一下懒腰，揉开惺忪的睡眼，推开窗门，一股热浪迎面扑来。街市华灯初上，灯红酒绿，耳边不时传来靡靡之音。

夜，正在慢慢地切到高潮的前奏。

远处烧烤摊和大排档的吆喝声不断传来，空气中弥漫着孜然的香味，我吞咽一下口水，决定融入夜市的人流。

其实，一边漫步一边欣赏夜色也是件很惬意的事情，熙熙攘攘的人流丝毫不比白天的逊色，那忽明忽暗的光线显示着夜的神秘，有快乐的风不时地蹭一下头和脸，让人感觉一丝清凉和舒爽。广场上，一群男女混杂的中老年人在跳广场舞，优美的旋律伴着美丽的裙裾飘向四面八方，放逐的孩子在草坪上欢快地嬉戏。再前面一点好像更加热闹，一大堆的人在围观着什么，我也加快步子凑上去看个究竟。原来是个身穿校服的少年跪在路边乞讨，十三四岁的样子，清瘦的面孔，带着一副圆边的眼镜，从镜片的玻璃环状看去，应该是较深度的近视，他低垂着头，面无表情，好似已看透了人世间的沧桑。地上铺着一张大纸，上面写满了他的悲惨遭遇，父亲因病离世，母亲卧病在床，纸上放着一只盛着几枚硬币和几张可怜的一元纸币的碗。一个孩子面临这样的灾难真的很可怜了，我无法辨别这个事情的真假，但还是不由自主地去摸口袋，想表示一下自己的怜悯之心。但许久我都掏不出钱来，我想自己的这个动作一定让这个孩子心里产生一种感激了，他也许正在期待着一个惊喜，但我的手却迟迟抽不出来，那一刻我感觉自己的脸可能都红了，我很尴尬地站在那里，因为是出来散步，没有带钱，袋子里空空的。犹豫了片刻，我把手揣在兜里离开了这个地方。

我又去其他地方游逛了，路上总感觉不是滋味，我很懊恼自己怎么就不带些钱出来，路上看风景的兴致也没有开始那样雀跃了。我漫无目的地东看看西瞧瞧，转了一个大圈。抬头一望，街市上的人稀稀拉拉的，比出来时减少了许多，不早了吧，我也感觉有些倦意了，该回去休息了。

我的脚步还是不由自主地往那个跪拜少年的方向走去，虽然离回家的路还是绕了一圈，但我还是想看看他走了没有，或者也想看看他碗里的钱多了没有。找到了那个熟悉的地方，我不禁有些惊异，原先围满的一大堆人此刻却了无踪影，那个少年还直挺挺地跪在那里，他的周围空无一人，碗里还是那点可怜的几元钱。夜色朦胧，昏暗的路灯下我看不清他的神色。我见此刻无人，便趁机问他："你是哪里人呢？纸上写的那些都是真的么？"我的话一出口，他的眼泪就流了下来，说："阿姨，我知道很多人都不相信我的遭遇，他们说看到这样的人太多了，基本上全部都是骗局。可我不是骗子，我年年都是学校的三好学生,这一切都是真的。家里人都不准我出来,说这样没有用,丢了脸面不说,人家会说你是骗子,可我想为家庭分担一些,我想这世上总有好心的人。请相信我!阿姨!"我说:"阿姨是相信你的,可惜没有带钱出来,都已经很晚了,街上也没有几个人了,你也不要再跪在这里了。可怜的孩子,腿肯定都跪麻了。"那少年听了,也就艰难地爬了起来,由于跪得太久,他摇晃了一下,又坐下去了,他朝我不好意思地笑笑,说:"阿姨,不早了,你也早些回去吧,虽然你没有给我钱,但我非常感谢你能相信我。"

第二天,我特意带了钱包出去散步,还是往昨天的那个地方走去,还是那么热闹的夜市,还是那么多的人往来穿梭,我急匆匆地到了昨天那个少年跪拜的地方,却没有看到他的影子。我急忙到处查看,没有看到他在其他地方出现。第三天,我又去了那里,还是没有看到他,他没有再出来了,也许是再不会来了。虽然也曾听说很多的乞讨都是行骗的,他们用自己编造的悲惨命运去欺骗善良的人心,但我相信那个孩子的故事是真实的,他在空荡荡的街上固执地跪着的样子再次浮现在我的眼前。我相信一个骗子不可能半夜还在无人的街上坚持乞讨,我相信他面对里面只有几块钱的碗可能没有早回的心意,他希望奇迹在半夜出现,所以他一直固执地跪在那里,等着他的救星。

也许,这世上的人和事冥冥中都有天数;也许,一些事情去做了就会烟消云散,而未能完成的心意才是最能让人记住的,才是深刻的。此后我只要去散步,就要故意经过那里,此

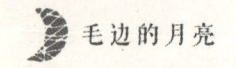

后我也有了散步带钱出门的习惯。我知道有些事情一旦错过了，就永远没有机会去弥补了，它会让你一直这样遗憾着……

多少年过去，每当路过，每当想起，我总要在心底里自问一句：夜幕下的少年，你此刻还安好吗？

老　　潇

　　老潇不老，才十七岁。他在县一中跑通学，今年马上要面临高考了。

　　晚上去接老潇的时候，气温还是偏低，在家里烤着火箱，全身懒洋洋的，真是不想动弹。但也没办法，到点了该做啥还得做啥，我穿着在家里做事的衣服，也懒得换了，心想，这黑咕隆咚的谁能看得见呢？

　　老潇跟往常一样从一阵人流中突然一蹦就出来了，半遮半掩地现出半张脸来，挽着我的胳膊，就开始叽叽歪歪的。

　　街边上的路灯昏黄昏黄的，朦朦胧胧，影影绰绰，但老潇额头上那几粒傲人的痘痘还是清晰可见。老潇拉着我走了老远，突然问我："老妈，你今天怎么穿这么件衣服就出来了？"我说："怎么了？"老潇停了停，说："大人嘛，出门还是得注意注意形象，也不要太拖沓随意了。"老潇的声音像蚊子一样嗡嗡的，但我还是一怔，这小丫头片子，终是长大了呀！居然还数落起她老妈来了。我心里这样想着，嘴上却不苟同她的观点，说："这有什么呢？以前能有衣裳穿就不错了，哪里还有那么多的讲究。而且吧，也说明你老妈是有着艰苦朴

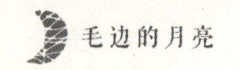

素的传统美德呢。"

"哈,老妈,你也太逗逼了,现在还有谁家里吃不饱、穿不暖呢?"

"这个嘛,温饱问题基本上是解决了的。逗逼?什么逗逼?哪儿学的?你可是火箭班的呢,要给其他班的同学带好头哈。"

"哎呦喂,我的老妈,你还没老呀,怎就这么out了嘛,想到哪里去了呢!"老潇用手抓住我的肩膀,一摇一摇的。

"小样,就知道爱慕虚荣。现在不是讲究穿着的时候,你已经到了冲刺阶段了,应该全力以赴专注于学习。"

"嘻嘻,就知道老妈会转移话题。但我希望看到老妈穿得漂漂亮亮的,显得又年轻又有精神才好,这样我学习起来也更带劲了。"

我哭笑不得,只得由她去,心里面却开始五味杂陈。这小孩子抱着抱着就抽条了,走着走着就高出我半个脑壳了,说起话来也还一套一套的,就那么一恍惚孩子就春笋一样蹿上来了。岁月真的是一阵风,一窜而过,谁也抓不住它!我不由得想起她小时候的事情,三四岁大的时候她最喜欢看动漫片《哪吒》,更是非常喜欢哪吒肩上胖嘟嘟的小猪熊,那小东西肥嘟嘟的,虎头虎脑,还有侠义心肠,机智勇敢,真是招人喜欢。记得有次我去幼儿园接她,她刚出校门我就大声喊她的名字,她满脸不高兴地走了过来,我问她怎么了,是不是在班上跟小朋友闹意见了。她一本正经地跟我说:"妈妈,以后你不要这么大声嚷嚷直接喊我的名字,连名带姓的,人家听到多不好,

第二辑 生命如水

显得好生分的，跟外人似的。"

"唔，我懂了，你是看别人的妈妈都是喊什么宝贝疙瘩的吧？"

"我也不喜欢你喊我什么宝，不就是名字的后一个字带个'宝'字吗？什么乐宝、佳宝的，好俗气的。"

我见她皱着眉头一脸严肃老成的样子，说话的声音呢又是那么奶声奶气，真的是忍俊不禁。

"那要喊你什么呢？"

"就喊我猪猪侠吧，我喜欢这个名字，也喜欢猪猪侠。"

"可你是个女孩子呀，这个名字又不好听，像只宠物的名字。"

"就喊这个名字，我反正是妈妈的宠物小精灵，反正是自己喜欢了，又不是喊给别人听，是喊给自己听的。"

"嗯，那好的，有道理，做人嘛，得有自己的个性。"

于是，从幼儿园开始，就喊她猪猪侠，一直喊到念初中。大概到初二的时候吧，她又感觉我这么喊她似有不妥了，总感觉有同学的目光怪怪的，她又跟我说："妈妈，我已经长大了，就不喊猪猪侠了吧，人家听到这么幼稚的名字会笑死去。""是嘞，我也觉得不好，你又不是没有名字，干吗非得喊雅号呢？以后就喊你的名字吧。"她的头摇得像拨浪鼓，说："不行，不行，还是不要喊名字，又不是同学、老师或者朋友，你是我妈妈呢，得有个我们之间的昵称，既有着亲人之间的亲切，又要跟老朋友一样随意，你是妈妈，又是我的亲密无间的好朋友。名字留给别人喊的，妈妈也这样喊，总感觉到

101

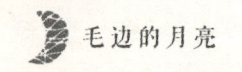

生分和别扭。"

"你这小脑袋里想的是么子奇奇怪怪的东东呢？那要喊什么呢？"

她把头一偏："嘿，有了，就喊老潇吧。取我名字的后一个字，前面加个老字。老潇，老潇，喊起来又顺口又随意。"

"这就亲切随意了？还老潇呢，你妈都还没老呢，你就老潇了。这又是什么经络呢？"

"为了公平起见，我以后就喊你老妈了哈，都有个老字，这个字呢又拉近了我和老妈的距离，很亲很近的那种距离。所谓心无间吧，眼睛看不到，但能感觉得到。刚开始老妈可能还不太适应，时间久了就能感觉到这种喊法的妙处。"

我说："你喊我'老妈'倒也不见得稀奇，我喊你老潇，你同学非得笑话你。笑话就笑话，反正我不乐意你方方正正地喊我的名字。"

当我人前人后地喊她老潇时，她周围的同学居然都没有感到惊奇，他们面带微笑，很自然地从我们身边走过，有几个同学还悄悄地附在老潇的耳朵上说："你妈妈真好！"

于是，当我随意地呼唤"老潇"时，眼前就会出现一个一蹦一蹦的女孩子，扎着根马尾，兔子一样的，活泼，可爱，青葱，灵秀，又憨态可掬。

第三辑 逝水流沙

毛边的月亮

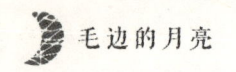

毛边的月亮

在弟弟的世界里,时间如一尾鱼,生活若毛月亮,一切皆有天象。

一

一年一度的春节眼看又要溜走了。这时的弟弟正打点行李,准备离开故乡,离开家人。"七不出八不归"是我们家乡的俗语,外出的人一般在正月初七以前就开始了大规模"行军"。生活犹如战场,离开时有壮士出征的滋味。弟弟在这支队伍里面行走了十九年,也在生活的边缘里行走了十九年。他走时,带不走一丝天上的云彩;在外,也许再也难以望到那轮圆圆的明月了。

并不完全是因为家贫,弟弟自己也无心求学,成绩一直居下。老师对拖班级后腿的学生一般都是会给几分颜色的。有一次,老师在课堂上公开奚落他,让他忍无可忍,背起书包回到家里,再也不愿踏进校门,那时他初二还没有毕业。父母苦口婆心怎样规劝都没有用,最后他自己写下一纸"保证书",说自己上不怨天下不怨地,中间也不怨父母……这纸保证父亲至今还压在抽屉底层,泛黄的信纸被虫子咬了几个小洞,几处地方的圆珠笔因为长期密封受潮,已经晕染开来,胖墩墩的,字迹变得隐隐约约,朦朦胧胧,像极了带毛边的月亮。

  弟弟没有文凭,而家里的条件也绝不允许他游手好闲。最后在他十八岁那年随大流"下海",开始在夹缝里面讨生活。面前的困难险阻难挡弟弟的雄心壮志,他相信沧海里有他这一粟的美梦。天大地大,他信自己,总有一处小天地是他的。弟弟脸上那一颗颗如雨后春笋般冒出来的青春痘,彰显了弟弟的自信。

  弟弟的第一站来到北京。他感觉自己渺小得就像一只大象身上的蚂蚁,怎么也找不到自己的落脚点。尽管卑微成一粒看不见的尘埃,他也要落在这茫茫的人海中和浩瀚无边的世界里。最后,在唱"空城计"的肚子的抗议下,他不得不卖起了苦力,成了一名建筑民工。

  1996年北京西站的开通,结束了他对首都一粒尘埃般的贡献,他拍掉身上的尘埃,将额前的发际向上挽成一片云彩,像是一根竖起的青春旗杆,有永远挥霍不完的精力和向往。

  弟弟揣着不多的血汗钱去了广州。当时,正是南下大潮如火如荼的时节。弟弟没有文凭,没有一技之长,他被一个又一个"海浪"推打得迷迷糊糊，晕头转向，找不到东南西北。生活，此刻就是梦里烙的那一张烤饼，闻着香喷喷的，却怎么也咬不到，如天空中飘着那么多七彩的肥皂泡，看着那么美丽，伸手一碰就碎了。他想象着有朝一日四仰八叉舒坦地躺在绿油油、软绵绵的草坪上，身边躺着一个佳人，简直就是天上人间了……

弟弟来到广州，两眼一望，倒抽了一口凉气。他首先理了个平头，走遍了广州大街小巷，眼睛从没离开过报纸，还有那些乱七八糟贴在各处的招工广告。吃了一个多月的盒饭后，他带的盘缠已经山穷水尽。他开始减少吃住的开支，从住的通铺搬出来，睡到蒸笼一样的火车站的长椅上，也不再浪费买水的钱，渴了，就拧开水龙头哗哗地解渴，用泡面充饥。

就在他完全成了光杆司令、以自来水充饥两天之后，他打的饱嗝里都跑出消毒粉的味儿，谢天谢地，他年轻力壮的体魄终于撑到出现一丝曙光！一个公司正急招电工，就是学徒也要，他在心里唱着阿弥陀佛，喜滋滋地背着大包小包住进了公司的宿舍。为了让工作更稳固和长久，他必须学会这门技术。弟弟的决心是惊人的，他深深地懂得了"珍惜"这两个字的意义，而那种前心贴后背的滋味，想必也扎扎实实地给他上了人生苦难的第一课。

然后，弟弟工作之余开始自学，下班后就钻进一人高的工具书中，画电路图，用废品做实验。他初二都没有毕业，他必须付出别人几倍的努力去做同样的一件事情。每当碰到难题，或者实验失败，他就站在宿舍顶上数星星，看悬在天际的月亮。

弟弟说，那些日子里，他看得很远，他想起故乡那轮圆圆的明月。晚风徐徐，月光下高楼耸立，灯红酒绿，人群如蚁，头顶上的月亮昏黄发暗，模模糊糊，毛了边一样。弟弟说，他还是喜欢故乡的月色，回忆起小时候在故乡有月亮的晚上出来行走，感受大地的辽阔，感受青纱帐里的生活。

一个人在外，他忽然想起老家有种观天象的说法：月亮带毛，大水咆哮。意思是说，月亮哭了，将会下大雨了。

月亮哭了，他也哭了，尽管紧咬着嘴唇，没有出声。

二

功夫不负有心人。终于，弟弟在这个技术行业赢得了同行的尊重，取得了上司的信任。当他靠自己的勤奋好学成为一名技术工、在这个行业站稳脚跟时，他的犟劲又上来了。他又开始学习管理，学习更高层的技术攻关。别人领到薪水去歌舞升平、大鱼大肉时，他却买来更多的技术资料，啃着那些枯燥无味的理论，在工地上寻找一些烂电线废电器，一些不相干的人以为他是收荒货的，纷纷把一些废品丢给他换几个小钱。

弟弟虽然有了技术经验，在文凭上却常常受到一些高文凭的挤对。工作屡屡不顺，弟弟也多次动了回乡的心思，可是回去又能干什么呢？父母在电话里头一听见他想回来，就问他出门时的信誓旦旦哪儿去了？每每这时，他便想起父亲锁在抽屉里——那一个个带毛边的月亮。是啊，它就像一道无形的屏障，是那么残酷地横亘在故乡与异乡之间了。

几年下来，他靠着自己的勤奋与悟性先后考取了电气工程师和高级工程师技术等级证，成为技术主管，随后调往上海总公司，在这个技术管理领域占有了自己的一席之地。随着人口老龄化，劳动力越来越少、招工越来越难，为了应对这一问题，他又开始设计编程技术，用自动化管理来代替众多劳力的需求，赢得了老板的青睐。其间，老板几次要送他出国深造，孰料家里的父母强行阻拦。在外人眼里出国留洋是一件很荣耀的事情，而父母认为弟弟是祖辈下来的三代单传，"路漫漫其修远兮"，还是留在身边实在。弟弟也觉得自己飞出了国门，语言是交流的一大障碍，尽管在学习资料时也翻阅了大量的英语，但是对交流还是心里没底，最终选择放弃。

弟弟在上海一待就是十多年，老板给他配置了单间，让他这个异乡之客暂时有了故乡的感觉，而他却越来越想家了，想起千里之外的月亮。多少个不眠之夜，那种煎熬是用语言难以说得清、道得明的。想家的感觉，也许只有像他这样的游子才能深刻体会。

每年，他只回家一次，一般都是回来过春节。回家一次他就感叹一次家乡的变化，以前那个土疙瘩的小城镇不见了，那些新鲜的玩意在家乡也能屡见不鲜了。娱乐场所一个比一个富丽堂皇，马路两边的店铺琳琅满目，宝马、奔驰也赛不起车技了，一个个像蜗牛一样老老实实地趴在公路上。弟弟感到隔生得很，他发觉一切都不是他原先熟悉的模样了，家乡是一年年地变化了，人情世故也一年年地淡了。尤其他梦里几回见到的家乡那轮圆圆的月亮好难见到，家乡的天气也出奇的坏，常常是雨天连绵。弟弟每年在家乡的几天，坏天气也常常惹得他心情不好。

弟弟还是该走的时候走，看不出一点儿恋家的意思。到了那边，深夜里一个人静下来的时候，却又无可救药地想家；想锅里爆炒辣椒时可以呛过河对岸的味道，想那个梳着翘辫子的同桌是不是嫁人了……弟弟咬咬牙，一个字，"混"吧。这些年，他在公司也混得"油条"了，嘴皮子也练出来了，那些才走出校门的硕士研究生，在弟弟眼里还是一条"小青虫"，就像生铁没有经过大熔炉的淬火，终是不能成器的。弟弟总是将他初到广州的经历，作为他们人生的第一课，听得他们头皮发麻，大气也不敢出一口。其实，弟弟有时候也很想回家办个工厂什么的，名义上给家乡做做贡献，实际上是为了守在父母面前。他不想每年这样来回地奔波，也想把那个专吸年轻精血的远方厂家搬回家乡。后来听说国家也有鼓励政策，可是当他回来真想干了，地方政策却也不是那么回事了，高额的摊派、没完没了的"规矩"，更是吓得他又缩了回去，又老老实实地干他的老本行去了。

后来，弟弟说：一切都是天意。

三

弟弟早到了谈婚论嫁的年纪了，尽管身边美女如云，在谈恋爱方面却还是个愣头青。这个时候，弟弟已经跃上了经理的宝座，因工作要求也使他养成了严谨的生活习惯，每天都是西装革履，头发用摩丝梳得根根倒立，皮鞋刷得精亮，全身上下很是精神，真的是活力四射。

也就在这个时候，弟弟不声不响成了家。他的另一半是一个小山村走出来的妹子，黑里透红，虎背熊腰。这一下，公司里的美女们都齐齐地喊："我的天啊！"大家一万个不相信。这哪儿是哪儿啊，根本就是天上地下。当然，母亲是很满意的，主要是弟弟属龙，而这女人是属鸡的，属龙凤呈祥之势，"八字四柱"很合得来。

没想到，结婚不到半个月，竟然合不来。他老婆性子烈，经常搞得弟弟下不了台面，而且软硬不吃，弟弟无奈之下蹦出一句，过得了就过，过不了就离。那阵子，家里鸡飞蛋打，硝烟弥漫；在公司，弟媳见到弟弟就破口大骂"陈世美"，搞得弟弟见人就躲，人整个儿灰头土脸的。

常言道："树怕剥皮，人怕伤心。"弟弟开始害怕回家，那个被多少人向往的温馨港湾，在弟弟眼里，不是惊天动地的气浪，就是冰天雪地的寒窑。日子过到这个份上，人也如行尸走肉一般。一年后，弟媳也感到无望，泄了气的皮球似的，终于同意了弟弟的离婚请求。

有了自由身的弟弟,却一反常态,并不急于找对象,一拨拨的美女来了又去,去了又来。平静的弟弟,如家乡那条蓼水河般平坦宁静,如村庄上空那轮安谧而又美好的圆月。

就在这时,一个既乖巧又有内涵的湖北妹子跟他搭上了线,弟弟这回扎扎实实地谈了一回马拉松式的恋爱,但是他迟迟却不提结婚之事。

弟弟到底想等什么呢?终于,他等的事情有了眉目,当他听到前任老婆结婚并又产下一子的消息后,非常平静和安然,好像一块石头终于落地,好像一粒尘埃终于落定。

他带着那个看起来门当户对的妹子回了一次老家,见过了父母,也见了他和前妻的"小黑疙瘩"。细伢子已经七岁了,却没有见过自己亲生的母亲,因为弟媳生下他,一满月就脚不沾地地去赶老公去了,把孩子丢给了公公婆婆。看着儿子躲躲闪闪的目光,弟弟满怀歉疚,儿子是他心里的痛,也是他的一块心病。他经常打电话告诉儿子,要好好读书,用心读书,不要像他那样吃了没有文化的亏。我们暗自猜测,当初弟弟放弃单位送他出国深造,也许不是担心肚子里的墨水少了,成不了大事,肯定最为担心的是他心里的"小黑疙瘩"吧。因此,父母常常把那压在抽屉最下面的带毛边的月亮端出来给孙子看,看得父母泪水涟涟,湿透了那个月亮。

弟弟决定结婚是三个月以后的事,他只交给女人一句话:相夫教子,侍奉公婆,别无他求。女人一口应允,一切顺意。

无巧不成书,就在弟弟准备张灯结彩的时候,前妻的一条长长的短信把他推了一个趔趄。他无心再去准备喜事，匆匆忙忙地往广州赶，他的前妻在那里等他。

我们这才知道，弟媳并没有结婚，但是确实产下一子，属于未婚妈妈。她的相好是同村的一个赤脚医生，离异，有一个女孩。媒婆介绍他们认识，男的提出要生了孩子才跟她结婚，弟媳可能急于结婚，竟答应了对方。孩子是如愿以偿了，那男的却生性多疑，疑似有精神障碍，并且很暴力。弟媳一出门，他就怀疑她跟别人私会去了，回来后总是盘问个不停，回答不满意就是一顿暴打。据说，他的前任老婆就是这样被打得哭爹喊娘，终于忍受不了跑了。

弟媳的短信是要弟弟去救她回来，说那男的半夜三更，突然发神经，问弟媳是不是经常跟前任老公勾勾搭搭，是不是经常背着他去找前夫。弟媳说："天地良心，离婚后连小孩都没有去看一眼，何况老公！而且他不在家里，天高地远，想见都是不可能的了。"可能正是后面那句话激怒了他，想见？想见？！他一把就揪住弟媳的头发掀下床，一顿暴打，然后把她推到外面，关上门。弟媳虽然也长得强悍，终归是女人，不是那男人的敌手，经常半夜三更地被打出门外，披头散发，像个女鬼在屋后的山里待到天亮。这次，她没有像往常那样等着天亮了再回去，而是远远地逃离了那个魔窟，幸亏她身上还揣了几百元，她选择去了广州，因为那是她和弟弟初次见面的地方。

当弟弟见到她时，那情景惨不忍睹，弟媳衣衫褴褛，像个乞丐蹲在旮旯里，脚上就穿着一只鞋，另外一只打着赤脚，脚底板血肉模糊。一见弟弟，她就扑上去，抱着弟弟号啕大哭……

弟弟一夜无眠，他从没有这样矛盾和痛苦过，一边是前妻的忏悔和凄惨遭遇，一边是女友的浪漫和柔情，他审视了自己一晚，对抗了一晚。男儿有泪不轻弹，他将泪水流到天明，在泪眼蒙眬中，他看见了悬在自己生活上空那块毛边的月亮。弟弟想了很多，想到天上阴晴雨雪，想到地上春夏秋冬。想到人生，每个人有每个人的宿命，冥冥之中，一切皆有定数。那晚，他彻底信了，信了世上月圆月缺、月升月落。

天亮了，他牵着弟媳的手回了老家，回到了生活的出发地。

在弟弟的万般劝说下和鼓励中，"小黑疙瘩"等了好久，终是怯怯地喊了一声："姆妈！"

……

如今，弟弟和很多如弟弟一般的人，还在那个城市里打拼，"每逢佳节倍思亲"，千家万户都有各自的牵挂和惦念。我知道，在他们的天空上，会有云来云聚，风雨无定，气象万千。我经常会无由地掏出电话问："喂！弟弟，你们都还好吗？你那边的月亮好吗？……"

许久，许久，我遥望天穹，自言自语："毛边的月亮，也是月亮。"我不知道，自己是高兴还是失落，抑或其他？有一天，猛然记起作家贾平凹的一句话："天气就是天意。"

执手年华看吾乡

一 个 字

认识周伟先生从一个字开始。

他的《一个字的故乡》里，一个字就能让人读懂故乡，魂牵梦萦；那几多的人生奥妙，故土风情，如梦如幻，在那个柔软的地方起舞、芳香、沉醉，让人无论多远都能嗅到花草，捧住泥土，触摸炊烟……

他说，故乡是一篇干脆的散文。我说，周伟就是篇干脆的散文，干脆得只留下一个字的味道。

人在尘世，最令人心动的莫过于"真"了。他真是将这个"真"字演绎到了极致。真性情，率真，真实，真切，真诚，逼真，认真，较真，真知灼见，返璞归真……这些能体现他作品的真，其实，就是他这个活脱脱的人。就跟他笔下的七娘似的，七娘把食物留给比她矮瘦的丈夫七爸吃，说是要把七爸喂养得高大一些，像个男人。老人说："这哪儿的话，又不是你的崽！"

七娘就说:"这是我自家屋里的事,要哪个多嘴烂舌的讲!"

你看,周伟在下班归来的路上,遇上了朋友的崽娃,伸手捏一下豆腐一样嫩嫩的小脸蛋,嘿嘿一笑说,快喊伯伯,喊了就给你买东西吃。几岁大的娃娃就仰起头来,打量一番他光光的脑门和那几根稀疏的头发,说:"脑门上都发光,又没几根头发,看起来有点老呢。要我喊,那就喊'老周伟'吧。"娃娃的大人在一旁急坏了,不想他却哈哈大笑,说:"要得,老周伟,就老周伟吧。娃娃嘛,从小就得敢于讲真话,讲真话好。来,奖你一个汉堡!"

但凡熟悉他的人,都知道他好那么几杯。他的酒量并不大,几盏下肚性情就来了,喝到毛毛醉,他就口无遮拦。平时极胆小的一个人,借着酒劲胆子就变得钵钵大了,能说的不能说的,竹筒倒豆子一样全倒出来,不管你爱不爱听。尽管说的都是真话、人话,大实话,他却总是不分场合,不看对象。这样的时候,大家就哄笑着说:"童言无忌,童言无忌呢。"

人人都说文人向来好酒,曹操青梅煮酒,刘伶纵酒放达,李白更甚:"举杯邀明月,对影成三人。""李白斗酒诗百篇,长安市上酒家眠。天子呼来不上船,自称臣是酒中仙。"其实,"酒有别肠,唯文者近"。喝酒为文的"豪"与"逸",在周伟的身上也很是鲜活。他喜欢在酒桌上营造氛围,掀起高潮,把盏高谈阔论。若是有人起哄,他无论喝得多醉,总是一句话交付你:打住,打住,我腰椎盘突出,其他事是奈何不了我的……要是一天里同时喝两餐酒,文友就笑他头餐酒可能还是"散文",有在场的真实性,后餐酒就是"小

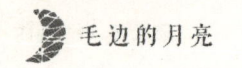

说"了，明显要搞"现场直播"（醉酒呕吐）了。第二天，朋友问他，你说的那些话还算得数么？他却反过来懵懵地问人家："哦，我是不是又出洋相了？都是兄弟，你莫要瞒我。"

有人说，率性、简单且富有孩子气的周伟，在生活和工作上的许多的不尽人意，就吃亏在这个明明晃晃的"真"字上面了。

一　句　话

也许，一个人有一个人的命运，一切也都是有个天数使然。但诸多的不尽人意并不能让他懈怠，反而越挫越勇。我在他的作品《碎一地》中看到一句话——"依我来看，这世界说到底是玻璃的……碎一地的阳光，碎一地的温暖，碎一地的美好，碎一地的温柔，碎一地的善良，碎一地的笑声，碎一地的流年……这世界，怎么说碎就碎了？"在这里可以看到他痛切心扉的破碎，尔后不久，我又看到他的新作《内心的乡愁》。周伟先生内心有强大的一面，也有情绪化的一面，但无论风云怎样变幻，信念不变，梦想永恒，正所谓凤凰涅槃、浴火重生。

再看《草生》——"天地间，有生有死，有枯有荣，死既必然，生何以为？草生草灭，花开花落，风停雨住，云开日出，一切都将还归平静的生活。"草的人生，草的力量，唱一曲草的生命挽歌，此文足见他对生命终极意义的解读。生命诚可贵，精神价更高。他一句话便道破了生命之高度，人生之真谛。

每当心情抑郁时就会想起他的作品《看见的日子》："那瞎眼的二婆婆放在嘴巴里嚼的干豆豉，一粒一粒地扔进时光的深洞里，那嘎嘣嘎嘣脆的就是日子。那些胖的、瘦的、荤的、素的，或酸、或辣、或甜、或苦、或神仙般的日子，都是那样熟悉和真实，生生地活在我们看见的日子里，日出月白，云卷云舒。"

《大地无乡》却是他超越大地的抒写，文中一句"大地永无乡，心安是吾乡"让我们看到大地之子的精神原乡，几十年如一日。这种扎根于泥土的执着与守望令人钦佩。《大地黄好》中我们又能看到一地的黄金，流泻千里，气势磅礴。他用心灵的视角创建了一套独具特色的话语体系，地域性的方言写作，以及对人性的解剖与美好，艺术地再现了乡村文化的迷人魅力，使他的作品承载了较高的文学价值与社会意义。

一　段　情

读过他作品的人都知道，善良而清明的奶奶从小就教会了他仁义与真情。他也经常对我们说，真正侍弄文字的人都是向上且向善的，心中有梦，有爱，有情，有故乡。

一次，母亲生病住院，他请了年假不离左右，陪护在病床前。快出院的时候，朋友看他辛苦，特意请他喝几杯，说就在医院附近找个店子，准备了他喜欢的五粮液呢，没想到他坚决回绝。他说，母亲病刚痊愈我就去喝酒，绝对要不得！

他就是这样，本来有多次调离这个小县城的机会，但因为上有年迈的父母，下有弱智的弟弟，他都放弃了，至今无怨无悔。

当一些生活在底层、经济拮据的文友，尤其是老同志或者在他眼里有几分才气的青年作家找到他，他们在他耳边说的话最管用，诉一诉生活的艰难，谈一谈未来的渺茫，讲一通人情冷暖，话到动情处，眼睛一红，眼泪还没掉下来时，他就像列宁同志一样立刻大手一挥，说："不要紧的，这事就交给我了！"推荐作品、作序出版，加入作协，争取重点扶持，签约作家，看望慰问，捐款捐物……他说到做到，跑上跑下，软磨硬泡，终是切切实实解决了他们生活中一些实实在在的困难和问题。

记得台湾作家杨树清先生还乡寻亲，曾委托朋友和有关部门办事，几十年未果。他与树清先生只有一面之交，他听闻之后，夜不能寐，马上安排人悉心查寻。然后又带人去树清先生的老家，给先生的亲人合影，并用微信传递了喜讯，圆了树清先生两代人83年之久的追根寻亲之梦。其时正逢中秋佳节，树清先生从台北发来感言："海上生明月，天涯共此时。"他立即回复："大地无乡，两岸同庆。"

周伟先生就是这样的一个人，用心，用情，用爱；至简，至真，至朴。生活也许就是这样，因为善良而变得更美丽；生活也许就应该是这样的，因为纯真而显得更加富有诗意。

一 首 诗

著名作家谢璞老师曾经开玩笑地说:"周伟,想不到,你还是个鬼才呀!"谢老看到周伟的作品《乡间的和弦》时,心花怒放。他冲口而出说:"妙!妙不可言呀,像一首诗一样,清新,自然,美妙。"周伟同样只用了几个字就道破了乡间的大俗大雅,美妙之极。文本中有不同的生命解读,不同艺术的视角,妙人妙语,让人耳目一新。

周伟先生自始至终用一颗朴素的灵魂展示他的智慧,诠释生命,拓展深度。就如他的笔名"草莲"一样,有草的力量,有莲的高洁,有在土地上行走的踏实与安宁,更有大地般朴实而辽阔的胸怀。他行走在大地上,为大地书写,一篇篇作品连缀起来就是写在大地上的一首长诗:

大 地 书

从乡间的和弦里出来
遇见春风桃花土酒
有乡村女人的风景
看见的日子
阳光下的味道
在一个字的故乡

毛边的月亮

生响

还记得乡间词韵吗
那些内心的花朵 从前的美丽
山坡上的云朵 风垛口的老屋
一地阳光雨露
瘦成秋水

而秀发已逝
谁都想留住些什么
风沙痕
草生
在路上行走的鱼
以及
枯草地上的盐
一闪念 一辈子
走不出土语之乡

万物沉醉
回首乡村功课
杉塘物志
走在城市生活边缘
进城的女子
乡村男人

像大地一样

大地黄好
大地清明
大地无乡

不仅只是那些能引发心灵共鸣的灵性文字让人喜爱,他那种糅杂着人性复杂与悲苦的大作品更是有着历史的厚重,让人掩卷而思。这类作品,沉淀了几十年的乡村命运与时代变迁,逶迤缠绵,熠熠生辉,还原出从个体生命延伸至群体生命的本真。有诗人说诗歌的力量就是要把自己低到尘埃里去。周伟先生就是在尘埃里不绝地歌唱,他唱出了新乡土散文的再生,用他质朴的思想、干净的灵魂、美妙的文字引领我们找到回家的道路,让我们看到光亮,怀抱阳光,风光霁月,草木长天。

一 片 海

他说,写作就是一种安静地回归,灵魂的回家。写作的前提就是要对文字心怀敬畏,一个对文字无敬畏感的人是写不出好的作品来的。俗话说万丈高楼平地起,我们要把根深深地植

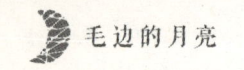

入大地，跟泥土交流，与大地对话，我们要俯下身去学会用心聆听，这样的写作才能回归大地，海纳百川，自然天成。

他说，散文是一门语言的艺术，更是写作者的话语之乡，乡土散文更应如此，是心灵的一片海。要心贴大地，心系故乡；要让人一眼就能记住；要让花草芳香，树木繁茂；还要让那些鱼一样行走的人们，游来游去……

他说，散文创作不仅是话语之乡，还是回忆之乡、情感之乡、生命之乡、灵魂之乡。散文创作就是灵魂在场，精神在场。他还告诉我们，文学创作，不能满足于现状，要能从各个角度去审美，不仅要立足大地，放眼世界，还要艺术地用高标准的眼光推陈出新，蹊径独辟。要能打破传统散文的束缚，寻找到新的"桃花源"，给散文写作注入新生的活力与精血。

一　念　香

有人说，周伟先生是行吟乡间的歌者，是大地之子。福克纳也说，必须发自肺腑，方能真正唤起共鸣。我想周伟先生用他的一句话就做到了，他说："一个人走在大地上，当他无法把心靠近脚下的土地，嗅不到故乡的味道，看不见袅袅的炊烟，他是找不到回家的路的。"是的，故乡是我们的灵魂之乡，一念起万水千山，一念灭沧海桑田。

　　有道是：大道至简，大美至真。大家都说周伟先生的文字很纯，干净到无可挑剔，那种朴素的美，原生态的纯，如清风扑面，自然天成。那种用生命去体验与追求的本真生活，让我们生活的这个生响的世界里，大地静美，人间清明。他的文字和为人，只一个字就让人记住，记住那些最平凡的经典，最简单的美好，最真实的感动，在心里扎根，生暖，开花，持久弥香。

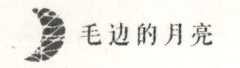

阎真之"真"

与阎真的相识还是得益于他的新作《活着之上》，当时《活着之上》的单行本还没有出，我是在刚收到的《收获》杂志上看到，并且迅速地有感而发地写了一个短评，见报时间离他获得首届"路遥文学奖"只有一个月零四天。

后来在微信上交往过几次，看他谈吐十分谦和，我便斗胆向他请教。他总在百忙之中不厌其烦地给我回复。他低调、谦逊的态度让我既感动又不安。

不久，我在一篇题为《关于阎真，关于<活着之上>》的文字里读到点滴生活中的阎真，里面有句话给我留下了深刻的印象："阎真这个人，不是你想接触就能接触得了的人，他的骨子里有一种与世俗观念不同的东西，他的直率可能令人受不了。"再看到里面几个细节，果然是不同凡响。我为他的真性情而折服，决定请他给我的长篇小说写个序言，没想到他二话没说，非常爽快地答应了，没有一丝的犹豫，更没有种种托词，这真是出乎我的意料。

与阎真约定的时间将近，我也做好了出行的准备，孰料天有不测风云，我在散步的时候被车子撞伤了，手机也摔坏了，通讯中断，在医院住了近半个月才出院。当时，我非常着急，出院后马上联系到他，告诉他近来发生的事情，请求他的谅解，并再次约了时间。

终于，我如约而行。由于对长沙地形不熟，平时也极少出门，虽然他很清楚地告诉了我中南大学南校区，也详细说明了行走的路线，我还是走岔了，阴差阳错地直接去了中南大学本部。转悠了一圈还没有看到他说的那栋文学院的大楼，便问了个学生，原来南校区离本部还有一段距离，我赶紧往回走。

第一次约见老师我可不想迟到呀！以我有限的阅读经验：作家在写作的时候容易把一些个人的思想感情，以及生活中的喜好与习惯自然而然地带入到他的作品角色里去。就如博尔赫斯说的：书籍是记忆和想象的延伸。如此，凭借他的《沧浪之水》，我可以清晰地知道，他是不喜欢迟到与爽约的人的，认为这样的人不真诚，更不值得与之交往。天气很热，我提着一包书与行李，感觉异常闷热，额头上流下一串串细密的汗珠。就在我心急火燎之时，仿佛听到一个人在喊我，我很奇怪，在这里我并没有一个熟人呀！待走得近了，才看到前方一辆车面前立着一个单薄瘦削的高个，戴副眼镜，穿件酱红色的T恤，样子随意但又不失儒雅。我的视力很差，由于没有戴眼镜，加上焦急与紧张，我只能看到一个模糊的轮廓。然后他又朝我喊，你是小袁吗？我赶紧机械地点点头，嘴巴却轻轻地惊呼着："呀，阎老师！"我是更加紧张了，想着自己又是爽约又是迟到的，不知道如何是好。我明明是早早地盘算好要建立好这第一印象的，没想到，却总是事与愿违。真的是冥冥之中自有天意！我正要为自己的迟到道歉，他却先开口了，直埋怨自己，说："都怪我，都怪我！害你跑了这么远的冤枉路。"然后又从车里拿出来一本《活着之上》说："第一次见面，我也没有什么好送你的，就送这本书吧。"我傻傻地说："我有，正好带来请您签名呢。"他顿了一下，很是严肃地望着我说："你的是你的，我送的是我的，这是两码事！"然后向我伸出手来，我的第一反应是见面礼节性的握手，正要把手心的汗擦擦再迎上去，没想到，他竟然一把将我的行李和那一包书夺过去了，说："大老远地来，你也辛苦了，我帮你提吧。"我当时就愣怔了，有些惊慌失措，哪能让老师拿行李呀！我正要去夺过来，他却大步流星地走了。没办法，我只好尾随他去他的办公室。在楼梯拐角处，一个女生喊他，他微微地点了个头就擦身而过了。

到了办公室，他把门敞开，招呼我坐下说，不好意思啊，我这办公室是没有水喝的呢。我四下一瞅，果然不见一个饮水机的影子，连只杯子也没有。桌上摆着两台电脑，到处堆放着文件资料和书本，显得有些凌乱。我正想说："怎么没人帮您整理一下呀！"又觉不妥，每个人有每个人的生活习性，也许这样不是很严谨的环境给人的倒是一种宽松与随意吧。这样想的时候，之前的那种拘谨就跟着放松下来，想着他一见面就帮我提行李，我受宠若惊之余又倍感温暖，好像我不是在跟一个名家初次相见，好像我们是相识已久的老朋友了，甚至有了一种自然而然的默契与亲切。

阎真真的有这种瞬时之间消除人与人之间距离感的能力。

他说话的口气轻轻的、慢慢的,好像每个毛孔都在张开,释放着这种磁场的魅力,简单而率性,真诚而有温度。阎真之"真",的确是不可替代与复制的。

接下来,他又问我,听说你是个下岗职工?丈夫也因公受伤动了手术?我点了下头。他叹了口气说:"真心是佩服你呀,生活在基层,在这样的家庭环境下还有这样的坚守,着实让我感动!否则,我是不会约见你的!"我抬头望着他的眼睛,想说些感激之类的话,却不容我开口,他又接下去说:"在现在这样浮躁的社会,你又处于这样艰难的环境,居然能静下心来写作,不容易呀!现实生活中的文学也许根本不能改变你什么,也不能带给你什么,是什么力量让你有这样无畏的勇气呢?"我不假思索地蹦出来两个字——精神。我其实是想说得更具体和明白些的,我想说的是,活着之上的精神,当然不能企及老师那样的高度,但既然活着,也需要活在之上。我深信,无论我说什么,或是沉默,阎真能懂。他对语言是极其敏感的,也非常能洞察与剖析人的内心世界。

果真是的!他突然拿起他的那本《活着之上》沉吟半晌,似乎想回到某种过去,然后用力把那本书摁到桌子上,捏着拳头说:"要是你也能获个我这样的奖该多好啊!就什么都能解决了。"我在他牙齿咬得格格响的激动中羞愧万分,连连摇头,说:"我哪里会有这个水平呀!"阎真又说:"要给自己树立一个目标!人只要有了目标,就会有勇往直前的决心与勇气!"然后他又坐回到自己的位置上问我:"你买了养老保险、医疗保险吗?要是没有买,就要赶紧买了。要是你不肯买，那我就帮你买！"他用一种不容置疑的严肃神情望向我，坚定而执拗，像一个大小孩。我很想从哪部名著里寻出可以与之相对应的人物，可我搜肠刮肚，脑袋还是一片空白，许是我才疏学浅，我罗列不出。但我的直觉告诉我，阎真就是阎真。

然后我们又谈了些作品出版的问题，阎真又把我的打印稿拿出来，说："这个你还是带回去吧，打印都要花几十块钱呢，能省一分是一分吧，莫浪费了。回去后直接发电子档到我邮箱就行了，你放心，我会抽空看的。"我呆呆地望着他忙来忙去，想起了《沧浪之水》中的池大为，《活着之上》的聂致远，他们都是那样痴迷于《红楼梦》的不朽，又都是那样渴望拯救生活在火线上的弱者，给他们生的曙光、活着的精神高贵，他们交错重叠在一起，他们明明就是一个人呀！他们的思想言行，甚至动作和习惯都是那样的高度统一，他们就是活着的真实的阎真呀！我的鼻子发酸，有一种清澈而暖暖的东西在流动……

与阎真的面谈不足一小时，因为他还要去赶一个会，我也就不便多扰。走的时候，他仍然坚持要提行李送我，仍然是那种大小孩般的执拗，不容拒绝，我仍然默默地尾随在他的身后，竟没有了开始时的那种惶恐，只觉得头上的天很蓝，清风送爽。

一方山水，秋韵流华

一 片 林

在秋天里行走，在一片绿树成荫的古树林行走，清风扑面，鸟儿啾啾，舒爽而惬意。尘世间的喧嚣和纷纷扰扰此刻已全部抛诸脑后。凝神倾听，可以吸纳大自然的种种物语，令人心旷神怡。这里的树木大多年岁过百，伟岸健硕，高耸入云，使人清心静气，心无旁骛。一些不知名的灌木丛瞪大了眼睛，望着我们这一行神情讶然的闯入者，不时地拉一下我们的衣角，似乎在告诉我们山路崎岖，一路小心。小草在任何时候总是那么善解人意，它们匍匐在地，微微颔首，低低地在心里歌唱。它们参差不齐的脑袋像热情的人们在夹道欢迎，又像调皮的孩子不时地用毛茸茸的绿挠你的脚板心。

穿过一棵空心的大树，里面宽敞明亮，别有洞天，甚至可以摆张桌子两人对弈，或者围一桌人吃香喷喷的饭菜，分开扎立的树干在四周牢牢地挺立，用一头的苍翠擎举起蓝天。在它

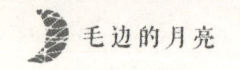

饱经风霜的身体上可以窥见斑驳的时光，隐约、绵长、迤逦、沧桑……那些裸露的根须像一根根青筋暴起的血管蜿蜒起伏，谁也不知道它有多少岁，经历过多少朝代的风雨，只觉得它的古老令人望而生畏。

望着这一棵棵几人合围才能抱住的古树，望着这一片沉静肃穆的古树林，仿佛看到一位位历尽沧桑、仙风道骨的老人，他们身上刻着历史的年轮，向我们讲述着各朝各代的传奇故事。

一 座 寨

他们说，这是一座苗寨，叫作插柳寨。果真是名不虚传，到处可见不同品种的柳树。院落里有像哨兵一样笔直着身躯的柳树，小溪边有美人梳妆的绿丝绦垂柳，拱桥的一侧有将身子探到河中央去的倒挂着一串串铜板般果实的榆钱柳树……它们种类不一，姿态万千。

这里的人们勤劳朴实，热情大方。对远道而来的客人，寨子里的姑娘小伙们唱起山歌，老人们拿出珍藏在家里的食物，十里八乡的人们都赶来陪客，香醇的美酒，特色的菜肴，轻歌曼舞，好不热闹。有酒就有故事，老村长回忆起年轻的时候与来这里蹲点的年轻秘书在一个黑夜救起一位落水的残疾人……如今遇上故人,不禁感慨万千。他的头发已经灰白,但面孔仍旧红润,往事在他深邃的眸子里熠熠生辉。

谁家的兰花开了,静悄悄地蹲在毛坯的土墙上,小小的洁白点缀着这个素净的农家小院,幽香弥漫,清纯而生动。

远处,兰溪河河畔有一丘丘稻田。秋风旋起落叶,它们随之翻滚起金色的波浪,一波推送一波,流光溢彩,炫目而陶醉,于阳光下交汇成暖、成金、成梦。

一　块　碑

桥的一侧竖立着一块高大的青石碑。这是一篇乾隆年间的碑文,几百年的风雨侵蚀并没有摧毁它的容颜。历史的印记仍然清晰,整篇碑文密密麻麻地记录着修路架桥的捐款数额和捐款人信息,笔道遒劲,隽永深刻。一整版的名字,能让我们透过历史的迷雾看到一个个真实感人的故事。

据说"文革"期间,为保护祖先遗留下来的功绩碑,为了让世世代代的子民瞻仰与记住祖先的功德和善良勇敢,村民自发地在碑的背面刻上了毛主席语录,也就是这条语录让这块碑免遭历史苦难。这真的是一块智慧之碑,渗透着先人的血汗,

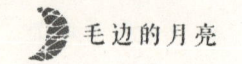

又留存着今日的温度。抚碑止步,令人穿越时光的藩篱,去追寻先行者的道路,高山流水,源远流长。

道路的那头是一座院落,房屋正中飘扬着一面鲜艳的五星红旗,两边各有三个醒目的大字"插柳梦""中国梦"。

抬头远望,长空万里,只见湘西南的天地之间那一片林、一弯河、一座寨、一丘田、一块碑……如梦如幻,秋韵流华。

花样少年

我喜欢每天晚上上两个小时的网,这已经成了我的习惯。

这天,我像往常一样打开电脑,"南宫城主"的头像在闪烁,我刷新之后再打开,是一束康乃馨,下面的留言是:阿姨,我已经顺利转校。联系学校和所有的交接手续,都是我自己完成的。您放心,我会记住您的话,做一只搏击长空的鹰!您自己多保重身体,我会在您意想不到的时候来看您!

这小子……我不禁笑出声来,心里有一股涓涓的暖流流过。南宫城主是一位少年的网名,我们在网上交流的时间有两三年之久了吧,与他的相识,缘于我的女儿。

那时,女儿还在上小学六年级。一天,她正在做功课,家里的电话响了。我在阳台上看书,兴致正浓,瞧着电话离女儿近些,我没有动。我沉浸在精彩的情节冲突里,却突然被电话掉到地上的声响打断。"怎么了?谁的电话?"我有些扫兴地放下书。"没,没什么,是一位同学问家庭作业。"女儿慌慌张张,结结巴巴,脸上红一阵白一阵的。我有些疑惑,意识到事情并没有那么简单。脑海中忽然闪过一丝不祥的念头:这年头,小孩也不至于这样早熟吧?

"哦，问作业的，男的女的？"我盯着女儿的眼睛。

女儿低下头，怯怯地说："男的。"

"在你们班上他是个什么样的男孩？很帅吗？"我故意轻松地笑笑，很洒脱的样子。

女儿也格格地笑了起来，说："也谈不上很帅，只是他生来就是一副女人胚子，很娘娘腔的一个假男人。"

听到这话我不禁汗颜，在形容一个人的特征的时候我绝没有她这样娴熟和老道，在女儿面前好像我是个小学生！

"不能这样评价一个人的！你们毕竟是同学，要懂得相互尊重。"我清清嗓子，摆出一副"孔圣人"的面孔。

"哦，但他自己也说他喜欢做女人。"女儿有些不置可否。

"嗯，他除了问你作业，还有说其他的吗？"一阵沉默之后，女儿又变得支支吾吾的。

"傻孩子，在妈妈面前没有什么不可以说的，有些事情你不会处理，妈妈会帮你的！"我用手摩挲着女儿的肩膀，轻轻地吻了一下她柔软的头发，"以后他的电话由妈妈来接好吗？"

"哦，好的，我把你的手机号码告诉他吧。"女儿吁了一口气，好像完成了一道"奥数"难题。

第二天晚上，我刚迷迷糊糊地进入梦乡，就被一阵尖锐的手机铃声吵醒。"谁呀？"我压住怒火，听见电话那头传来怪怪的男声："哦，您是阿姨吧，我找潇呢。"

我吓出一身冷汗，瞌睡虫马上全部跑飞。我一看时间，都快凌晨一点了，这么晚打电话找女儿？！我心里腾起一阵无名的怒火。这孩子，家长难道不管吗？"潇早睡了，有什么事情就跟我说吧。"我尽量不让自己的怒火喷发出来,语气却冷得像冰,我决心要好好教训一下这小子,让他不能再这样骚扰女儿。停顿了少许,传来低低的声音:"也没有什么事情,只是想找人说说话。阿姨,您可以陪我说会儿话吗?"我心里的火气更大了,半夜三更的,没有事情打电话瞎扯,啥意思啊,玩夜游还是神经有问题呀!我准备轰炸一番,这当儿,另一个我又冒出来:冷静!冷静!你是孩子的家长,可不能给女儿丢脸的!我犹疑片刻,还是悻悻地将那根熊熊燃烧的导火线浇灭。

"哦,这位同学,没事就不要谈了吧。已经是凌晨了,你明儿还要上学的!"我准备跟他绅士地说声晚安!

"阿姨,千万别挂电话呢,只说一会儿好吗?求您了!"好狡猾的家伙,还没有开始谈呢,就抓住我的软肋了。

我心里一软,语气也跟着软了:"好吧好吧。"我是经不起人家说软话的,何况是一个孩子!我轻轻地起身,去了客厅,不想惊醒酣睡中的女儿和爱人。

"说吧,你想说些什么呢?"

"您知道我为什么这么晚打电话吗?因为我们这个小区死了一个人,他们在下面扎了一个灵堂,四周堆满了花圈,黑色的布,白色的花,死气沉沉,好吓人的!"他这样一说,我不禁感觉一阵凉凉的风吹过,起了一身的鸡皮疙瘩,我的心也不由地紧了一下。

"那你爸爸妈妈呢?如果怕的话,可以让他们陪陪你呀!"

"他们早离婚了,我现在住在妈妈这边,可是她还没有回来。我一个人躺在床上,家里的电灯都被我拉亮了,可是家里静得可怕，外面的风声都像是鬼在哭呢。"我能隐隐感觉他的牙齿咬着下唇，小脸惨白，在被窝里瑟瑟发抖的模样。可怜的孩子！我突然想起女儿告诉我，这是个"娘娘腔"的小白脸，也许他比女孩更加柔弱和无助。

"别想这个了，我们说点别的好吗？听我女儿说，你喜欢做个女孩呢，为什么有这个想法呢？"

"哦，从小我妈妈就说我长得像个女孩，大眼睛，长睫毛，皮肤也是雪白雪白的……"

"不会吧。"我感到好笑，脑海里却立刻出现一副明眸皓齿、娉婷袅娜、长锁深闺、眉目含恨的美人图来。

"是真的呢，我不想做个男孩，喜欢做女孩子。我喜欢那种被人呵护、宠爱的感觉呢。"

"那你父母，知道你喜欢什么吗？"

"不说他们了，阿姨，打扰您了呢。很多同学的家长都不愿我跟他们和他们的孩子联系呢，也许他们都觉得我是坏孩子，只有您和潇愿意跟我说话。谢谢您陪我说了这么久，我现在没有那么害怕了，阿姨，晚安！"没想到这句绅士的晚安还是被他抢了先。

他晚安了，我可没有了睡意。

我走到窗前，打开一扇窗户，四周都是甜甜的鼾声。安谧的夜，懒懒地翻了一个身，一边是垂垂的死灰，一边如半睁半开的眼睛，朦朦胧胧地打量着这冷冷暖暖的世界……

转眼，潇小学毕业了，她考进了当地的重点中学。

当她美滋滋地去报名，我不禁跟在她的屁股后面转来转去

第三辑 逝水流沙

地问:"那个喜欢给你打电话问作业的'娘娘腔'呢,他考上了吗?"

"他是班里的尾巴呢,怎么会考上?!应该去了别的学校吧。"女儿有些得意忘形。

也许我跟他真的有缘。当天晚上,他竟给我打来了电话。我有一种久盼的冲动,好像是久违了的老朋友,我急急地问:"你还好吗?""嗯,挺好的,阿姨,您可以帮我一个忙吗?""说吧,什么事?"我的语气很是肯定和热情。"我想办理一个身份证,我想把钱存进我自己的账户。以后如果我出门了,可以随时取出来,不用担心被人偷去了。"我心里咯噔一下,这小子,莫非是想离家出走吧?"哦,这样啊,你征求了你父母的意见吗?他们都同意吗?"我问。"没有,我不想跟他们说,更不想征求他们的意见。"他好像有些失落,"哦"了一声。我迟疑了一下,向他解释说:"不行的呢。你还没有年满十八周岁呢,没有监护人的同意是不能办理身份证的!""天哪!不会让我等那么久吧!……"他急切的声音还是有点娘娘腔。从他冲口而出的话语我更加肯定了我的猜测,他的家庭情况应该糟糕透了!该怎么办呢?他还是个孩子呢,我想了想,突然有了个主意,我镇静地说:"孩子,你愿意跟我做朋友吗?你相信我吗?"

"当然愿意了,这是真的吗?"他的声音有些沙沙的,也不再"娘娘腔"了,出现了激动的男中音,"我可以有事的时候联系您吗?您不会嫌我打扰到您吧?还有,还有,阿姨,您会上网吗?我们可以在空余的时候QQ聊天吗?"

137

"可以的，但必须是周末，不能影响了你的学习。我们计划每周聊一次吧，谈谈你的生活和感受吧。"

"我终于有朋友了！"他开心地大叫起来。

于是，每个周末晚上八点左右，我在网上等他，他也会准时现身。从跟他断断续续的聊天中，我发现他其实是个比较开朗的孩子，只是因为缺乏爱，他的思想里有些奇奇怪怪的东西。他的爸爸是个比较有钱的商人，因为钱惹来了"小三"，惹得他只能跟着爸爸住半年，再跟妈妈住半年。他说自己像一只流浪的狗，不知道哪里才是他真正的家。

他跟我聊他的爸妈，让我心里很不是滋味。他说爸爸不高兴了就打他，有时候是往死里打，经常打得鼻青脸肿的；高兴了，就给他钱，给很多钱，要什么就给买什么。妈妈呢，是个忠实的化妆品直销者，要么在家里敷上面膜像个僵尸一样，要么就是去外面推销或者搓麻将，深夜不归。他告诉我，他经常在家里吃泡面和米粉，吃得想吐。

他跟我说他的爱好就是模仿女人，喜欢给女人梳头发扎辫子，喜欢像女人那样踮着脚走路，也喜欢模仿女人撒娇，憋着声带把嗓音压得细细的。我知道，这就是潇说的"娘娘腔"。总之，他喜欢一切女性化的东西。他说，他自己搞不清到底为了什么。而在一次聊天中，我似乎找到了答案。他问潇的童年有些时候是不是特别需要爸爸，我想了想，是的，有一次，我们正在吃午饭，天气闷热，突然电闪雷鸣，震得玻璃窗户好像都有点招架不住，一道道闪电把天空劈成两半，轰隆隆的雷声吓得女儿捂住耳朵。女儿惊叫一声："呀！大地妈妈受得了吗？！"我连忙过去把她揽在怀里，女儿又说："妈妈，爸爸怎么还不回来？他回来了我就不怕了。"我知道也许女儿觉得我的臂弯没有她爸爸的结实和有安全感，也许这就是男性的象征和力量，是妈妈所不能替代的。他告诉我，他也遇到过类似的情况，但是他爸爸却拧起他的耳朵，呵斥着："没用的东西，你是个爷们，怎么也像个娘们一样！"从那之后，他一直幻想自己变成一个女孩。

时间像流水一样，生活中落花几年。

我生日的那天早上，又收到他给我寄来的一束康乃馨，花瓣上还有晶莹的露珠，像一个个鲜活的生命。我闻着馨香，在这个阳光极好的午后散步，享受那份惬意、恬静和美好。

也许，安静的背后总藏匿着一场暴风雨，让人猝不及防。这天晚上，他在网上跟我说："今天爸爸把我养的宠物狗打死了，把我也打得几处挂了彩，头上还缠着白色的绷带。"

我一惊，问："你父亲不是很久没有这样打过你了吗？"

"是因为老师打了他的电话，告诉他，我和几个差生拖了全班人的后腿，没有评上先进班级，希望爸爸跟我谈谈，他就这样跟我谈了！骂我丢了他的脸，害得他在老师面前抬不起头来。再这样下去，就打断我的脚后跟，再不准我去上学了。"

我无语。许久，回过去一句："对你来说，重要的不是成绩，而是你已经慢慢地懂得了做人的道理。"

"我真的是一个废物吗？阿姨，我不想去上学了，我这个样子去学校，只会引来更多的嘲笑。"

"孩子，不会的，求学是每个孩子的权利。要不我跟你老师去谈谈？或者你把你父亲的电话告诉我，我跟他好好交流一下？"

"不用了，今天是我最后一次跟您聊天了。阿姨您还记得去年高考的时候，一个学生从四楼跳下去的事情吗？"

"是的，我知道。"我预感到他会做出什么可怕的事情来。

"他的成绩是那么的优秀，只是同学笑话他是个私生子，因为他长期住在姨父的家里。也许他恨自己从来没有见过的父母，我虽然跟他的情况不同，可我特别理解他，当他像落叶那样飞下去的时候，那种感觉一定是很解脱很美好的……"

看到他的话一字一句地呈现在我的眼前，我有种从来没有过的心慌，我恨自己跟他私聊两三年了，居然不知道他的住址，也没有见过他。这时候我恨不得变成一只大鸟，去告诉他，这世界多么奇妙，跟他聊天的阿姨居然是一只会飞的鸟！怎么办？怎么办呢？我手足无措，不知道那根救命的稻草在哪里、能否抓得住。

我急中生智，突然想到潇，转了一个话题："不说那些了吧，你还记得在你小学的时候经常问作业的那个女孩吗？"

"当然记得，也只有她不担心我问作业会影响她的学习。还记得有一次，我问作业的时候，还跟她说了句，我喜欢她！她吓得电话都掉到地上了。现在我们都读初三了，我才知道当时自己是那么傻，我哪里能配喜欢她呢。对了，这件事情她后来告诉您了吗？您骂她了吗？"

我的眼睛有些湿润，不知道是因为担心还是因为潇一直保守着这个秘密。我告诉他："潇对这件事情一个字都没有跟我说过,还嘱咐我多关心你,说你有着弱不禁风的体质,是温室里的一朵兰花呢!"

"以前听您说潇的钢琴弹得不错呢,已经过八级了吧?可以让我听听吗?你把麦克风打开,但是千万不要告诉她,我在这里听着呢。这是我们两个人的秘密,好吗?"

我的电脑对面正好是潇的钢琴,我喊她过来练习一曲。她随手弹起了贝多芬的小奏鸣曲,流畅而优美的旋律让我们都安静下来,我们暂时忘却了世间的苦痛,那抒情的调子像一只温软的手轻轻地拍着他的肩背……潇已经离开了钢琴,可她的琴声似乎还在那里萦绕。许久,仍不见电脑那边他的动静,一种揪心的痛掺杂在这安静的空气中,我甚至能听见他低低的饮泣。

"好听吗?"我终于忍不住打破这久违的沉默。

"嗯,很感动,在我人生最后的时刻还能听到这么美妙的琴声。"

"孩子,别这样悲观,人生毕竟是美好的。虽然这条路荆棘密布,虽然你父母平时不太关注你,但是真正失去你,就是给他们的伤疤上撒了一把盐。"

"在他们眼里,我只不过是一个废物,我走了,也许他们都会暗自高兴呢,爸爸和'小三'就会专心带他们的孩子了,妈妈没有了拖累,也可以彻夜不归了。"

"好好活下去吧,就算不为你父母,为了自己,我相信你会证明自己是只搏击长空的鹰!"

"可是我对自己毫无信心,觉得自己是一只苍蝇,走到哪里都让人恶心。"

"别这样糟蹋自己，阿姨就很需要你，我已经习惯每个周末等着你，你已经融入了我的生活了，就像是我的亲人！"

"不会的，很快您就会忘记我的。您有潇，她是那么优秀，我都不敢抬头看她。"

"傻孩子！阿姨喜欢你，成绩有时候并不是最主要的，重要的是你有颗善良的心。我的心一半在潇身上，另外一半就在你身上，求你了，就算为了阿姨好吗？"

"阿姨，好想在您的怀里大哭一场啊！"

"傻孩子，把你的网名改成'南宫城主'吧，那是个傲视群雄的英雄呢。当我哪天见到你时，你一定是个小小的男子汉了呢！"

"一定会的！阿姨，我一定会在您意想不到的时候出现的。"

聊到这里，我终于长吁了一口气，额头上滚动的汗珠，正爬满我愈见干涸的脸庞，缓缓地流成一条欢快的溪流……

一天我正在广场上散步，突然一个少年蹬着一双单排的溜冰鞋飞快溜过来，递给我一杯浓浓的热奶茶，还有一张宣传单。"阿姨，去学成人拉丁吗？"当我抬头时，他已经像风筝一样飞远了，我来不及看清他的模样，只是耳边的声音是那么熟悉，似乎还有那么一点儿"娘娘腔"，但更多的是沉稳、坚定和踏实……

会唱歌的草

她刚从酒楼出来,身上还有酒曲的气味。

她捏着鼻子闻了闻,那浓烈的酒精气味冲鼻而来,她很讨厌这种味道,就像讨厌刚刚一同吃饭的那个肥得冒油的老男人,那个"衰佬"起码有两百多斤,却穿着一条背带裤,像一只硕大的袋鼠。

她离开的时候脑袋里闪过一个模糊的身影。

她的身影穿过嘈杂的酒吧,穿过悠闲的咖啡馆,来到一个未完工的广场。这里的民工早已经酣睡,夜空下小草能听见他们的呼噜声和梦呓。她寻了个空旷的草坪坐下,轻柔的夜风抚弄着她的长发,就像母亲的手给她挽起发髻。她把双手叉在脑后,顺势躺在草坪上。这熟悉而亲切的味道能让她想起亲人和暖暖的故乡。她不停地打着哈欠,全身的神经已经完全松懈下来,眼睛也开始恍惚和迷离。

她感觉自己是在家里了。屋子里到处弥漫着酒的气味,还听见了父亲和母亲歇斯底里的嚎叫,像两头相互撕咬的野狼,那种狠劲血淋淋地漫过她惊慌失措的清澈的眼睛。接着父亲把碗碟都甩出来,叮叮当当的,弄得地上四处开花,那刺耳的声音穿透了耳膜，惹得她的心跳也莫名地加快。她感觉自己的胸腔火辣辣的，像闷了一口烈性的酒，有一团火在她的五脏六腑乱撞，却怎么也找不到出口。她搞不懂为什么他们总有吵不完、打不完的架，母亲总偷偷地缩在角落里舔舐自己的伤痕，眼泪吧嗒吧嗒地砸在她的心坎上。这个醉醺醺的家伙是那个已经模糊成旧黄底片的人吗？哦，想起来了，父亲从她能记事起就不见了，后面的父亲她好像从来没有喊过。

她被一个口若悬河的家伙带到一个叫东莞的城市。他说那里是天上人间，有用不完的钱、吃不完的佳肴、穿不完的绫罗绸缎，那里是真正的天堂。

她记得走的那天正好是她十三岁的生日，一辆挤满各种气味的大巴拉开了她和家乡的距离。

这里真的是天堂吗？

她看到一个模样清秀、扎马尾的小姑娘在轮流给客人倒茶。茶壶的嘴又细又长，在一张大桌子这边站着可以倒那边客人的茶水。她倒茶的动作巧妙而轻盈，像一只灵巧的燕子飞来飞去；她的姿势优美，变戏法一样，又准又快，而且滴水不漏。这是川茶功夫！非一日之功。

她想起在练习的时候被茶壶烫得直跳脚。她开始提那个装满开水的茶壶时都烫到了，后来还要拧着茶壶绕过头顶从后面倒，换着各种花样和姿势去倒茶，而且不能溅出一滴水来，要收起那个长长的壶嘴，不能烫到客人。要做到倒茶的最高境界，她必须练得技法娴熟、炉火纯青。

每当练得腰酸背痛，到处伤痕累累，她几乎要放弃这份工作。可是这里是东莞啊，不是她那个一脚一个泥坑的山窝窝，她得学会这本领才能填饱咕噜噜唱反调的肚子。瞧，那一只只金元宝正在向她招手呢，有了这发光的东西她就可以风风光光地回趟山寨了，母亲也就不用受苦了，想到这里，她的心里就有了无限的自豪，我不是在栏里只知道吃食的猪罗罗，是山尖尖的金凤凰呢！

每过一天，她的身上就会多出几道紫色的伤痕。是的，命运不相信眼泪，东莞这个城市也不相信眼泪。如果她不拿下这份工作，也许就会变成在酒吧、歌厅还有咖啡馆门前蹲着的衣衫褴褛的小乞丐，每天躲在旮旯里，时刻盯着从里面挽着手出来的男女。她讨厌伸出那双肮脏的手，讨厌看到那些怜悯的眼睛。她也不喜欢像那些小女孩一样手上准备一朵玫瑰，追在这些人的屁股后面兜售廉价的假惺惺的浪漫，即使人家不是恋人，也要在那里死皮赖脸地纠缠，跟屁虫一样。

她喜欢在夜晚坐电梯达到顶层，沐浴着皎洁的月光，哼着《小草》那首老掉牙的歌。那是母亲小时候教给她的一首歌，母亲说她是棵草，草就要唱属于自己的歌。她喜欢从四周弥漫而来的孤独挤满她的身体，喜欢静静地看下面或悠闲或忙碌的蚂蚁一样的人群，喜欢看那光怪陆离的影子，像一个个张开嘴巴的怪兽。

这个城市的繁华和高楼就是千千万万的蚂蚁做出贡献的，可谁又会记得这些垫在脚下的蚂蚁呢？

她经常想起母亲小时候给她讲的一个故事。

母亲说，旧社会的时候，有些很穷的人家，因为家里的子女太多，养不活，就会在他们的头上扎个草标带到集上去。草标是用草做的标记，表示卖的符号，一些地主或者官宦人家就会去挑选，买去做长工或者丫鬟，一辈子给人当牛作马。然后跟她说，一定要听话，不要惹恼了父亲，怕他嫌弃她浪费口粮，不肯再养活她。这个时候，她就很害怕，害怕头上突然长出了个草标，害怕自己也被赶牲口一样被父亲赶到市集上卖掉了。

母亲说她是草，如今她已经真的成了一棵无人问津的小草，一棵在天涯游荡却不能落地生根的小草。

草也需要阳光和雨露，草也会伤心和哭泣。但草的本性是坚韧、顽强的，因为它有不死的生命。

她真的做到了，虽然她只有十三岁。每次她服务的包厢都是喝彩不断，客人来到这个酒楼，就会点她倒茶。她的腰板站得更直了，就连她拖在屁股后面的马尾都是那么引人注目和骄傲。

酒楼生意蒸蒸日上，老板扬起的嘴角就像弥勒菩萨。楼下的关公牌位香火缭绕，那一股子好闻的檀香味直钻到进进出出的客人的鼻孔里去。

她就像一道招牌菜时时被端出来，热气腾腾。老板说她是看着就能上涨的股票，她搞不懂，她只要吃饱穿暖。她打心眼里感谢那个带他出来的家伙，这里可真是天堂哩。

她正拿着一只大闸蟹不知道如何下手的时候，觉得胳膊上有些异样，好像是什么软软的液体流到上面，黏糊糊的。

她翻了个身，睁开了眼睛。嗷！我的天！她尖叫着坐起来，原来一只邋遢的流浪狗的舌头正在舔她，差点要舔到她的脸上了。她悻悻地站起来，嘴里嘟囔着，心里却在犯嘀咕：怎么老是梦到13岁呢，我都已经19岁了呢，脑壳真是进水了。

该死！她想起阿天已经回去几个时辰了，她却在这个草坪上睡了几个小时。

她来到这个城市的时候，做梦也想不到能找一个当地的男朋友。男友姓李，叫李天，是个左撇子，刚好大她一轮，她喜欢喊他阿天。阿天给她取了一个名字叫阿无，他们已经认识很久了，她却从来没有见过他的家人。只是从他断断续续的介绍中，她的脑海里才有了一个大概印象。

阿天的父亲是当地的一个土财主。据说还在开发特区的时候承包了几座大山，发了意外之财。然后就开始从商，财产越来越可观的时候，父亲有了另外一个小妈，至少比父亲小20岁。父亲给小妈在深圳买了房子，还生了个弟弟。阿天的妈妈就在东莞守着老家的产业，守着自己的两个崽。

父亲虽然跟他妈妈的感情不好，但还是两边跑，给大儿子修了房，娶了媳妇，还给了个产业让大儿子管理。父亲不喜欢二儿子，他的脾气很犟，跟他父亲的隔阂很深。

她从来没有见过这些人，但是她也没有感到失落，阿天对她很好，也很依赖她，家里的琐碎都说与她听。

她记得在她一次感冒的时候，发烧得厉害，她没有把壶拿稳，不小心把茶水溅了出来，烫到了客人，然后被老板当场炒了鱿鱼。老板的制度很严格，虽然她在这里工作了差不多三年，却不能出现一次纰漏。从老板毫不留情的苛刻中，她隐隐感到这里已经不再需要她,这里需要注入新鲜的血液了。

那个被茶水烫到的客人就是阿天。

阿天介绍她去朋友的酒吧搭把手,在里面做侍应生。这份工作轻松多了,薪水也还高些,她只需按照单子把客人点的东西送到桌上就可以了。

她的发型也改变了,那根土里土气的马尾巴不见了,变成了披肩的短发,还翻滚着金色的波浪。她本来就很长的睫毛被拉得又粗又黑,向上翘起,像一排密集的帘子含着两颗玛瑙。

她中间回过一次家,却很搞笑。母亲像犯了风火眼,居然不认得自己的闺女。母亲用毛糙得能砺痛皮肤的手掌捧着她娇嫩的脸蛋,左看右看,好像她是突然从地底下冒出来的精灵。

母亲消瘦了不少,但并没有她想象中的兴奋。当她把一沓票子交给母亲的时候,母亲不抬眼看她,只是轻轻地说了声:"做娘的心你是懂的,只希望你好好的。想飞多远就飞多远吧,家里横竖一个样。你的钱我替你存着,将来给你置办嫁妆。"她耸耸肩膀,问了声:"那个人呢,他还打你吗?"母亲开始默不作声,嘴巴张了张,颤抖了几下,却还是发出声来了:"莫这样讲了,闺女,我知道你恨他,是他毁了你的一辈子,让你抬不起头来。可他毕竟也养了你几年,没有办法,谁让我们这样苦呢。"她不耐烦地打断母亲的话:"冇说那个酒癫子,让人不能安生。"她说着就揭开那个变了形的铝锅盖,锅里温着一个红薯,她突然没了食欲。

阿天接到她的时候,默不作声。

他在阿无宿舍里的床铺上坐着,阿无的床铺是下铺,整理东西顺手方便，他看着阿无把行李里的东西一样样拿出来，再用衣架挂在床铺顶上的钢丝上。她把那个大号的手提箱推进床底之后，看到阿天左手别着一根燃烧的香烟，他在那缕袅袅上升的烟雾中埋着头，样子很颓丧。那一小截烟头快要燃到烟屁股，他却没有丢掉的意思，好像要跟它一起燃烧、同归于尽。

"怎的？我只离开了几天，看你就像打晕了的土猪，都懒得哼唧一声。"她把阿天那截快燃到手指头的烟屁股剔了出来。突然发现他已经泪流满面，她把他的头搂到胸前，摩挲着他的小板寸头发，她的柔情令他安静下来。但眼里仍是悲愤难平。"阿无，你知道的，我以前是吸过那个，也吃过摇头丸，但是认识你之后，我已经慢慢地离开了这些东西。没有你，我也戒不掉的，你已经够苦的了，我不想你跟着我再受苦。"她怜惜地擦着他脸上的泪痕，叹了口气说："怎么又提过去的事儿了？都挺过来了，现在不是挺好吗？啥也都有了，日子还是有奔头的。"

阿天突然来了句："要是我死了，你还会想起我么？"她打了个激灵，说："呸呸，怎么说起这样不吉利的话来？"阿天说："你走了之后，阿爸回来了，他给了哥哥产业，也给了我十万元，要我自食其力。我告诉他这十万跟朋友一起合伙投资了酒吧，其实是买白粉打了水漂了。他要我撤回来，说他拿到一个项目，需要灌股进去，差钱，哥哥拿出五十万，我的任务是十万，然后每年给我们分红，给我们一个月的时间去凑齐。可我现在到哪里凑啊！我跟阿爸吵了一架，说不拿给他，也不要他的红利。阿爸说不给他，就把我赶出家门。"他又抽噎起来，像个无助的孩子。"呜呜，阿爸要是赶我出来，我哪里还有活路，他以为我的钱真的是投资了，其实我是一无所有啊，有了你，我才走出那个魔窟。"阿无突然感到心脏一阵收紧，她摩挲的动作停了下来。是的，从她认识阿天那时起，他一直都是萎靡不振的，像一只病猫，整天都是呵欠瞌睡不停，她陪他戒瘾三年，断断续续的，终于甩掉了那个可怕的梦魇，人瘦得只剩下一把骨头。眼看就要看见好日子了，却又来这一道坎，她又想起母亲小时候跟她讲的话，说她是棵草，是草的命。她忍不住低低地吼起来："不许说死字，我不许你死！你等我一个月，让我想想法子。"

她神差鬼使地又来到了那个未完工的广场，她的手里紧紧攥着一张名片，由于攥得太紧太久，手心已经出汗，她闭上眼睛，想起那个袋鼠一样的老男人交代她的话："靓妹，如果有事需要我帮忙，就打这个名片上的电话，也可以到这里来找我。"尽管他说话很和蔼，但是她明白天上不会有掉馅饼的事情。就在她睁开眼睛的时候，藏在她内心深处的那个模糊的影子又窜了出来，她的面孔呈现出一瞬的惊恐，她在那个酒吧的门口犹疑了大约一刻钟，最后，她挺直身子，坚定地走了进去……

当她把一张整整十万元的支票交给阿天的时候，整个人快要虚脱。阿天追在她屁股后面转，大声质问她："你失踪了整整一个月，到底是去哪里了呀？"她抻了抻眼皮，那样子像个刚刚分娩、失血过多的母亲。"你让我休息一下好吗？"她懒懒地就要扑到床上去。阿天额上的青筋暴起，脸红到脖颈,说:"你现在就跟我说清楚,到底是去哪里了?干什么去了?"她面无表情地望着他:"非要说清楚吗?""是的,非要说,不然我不会放过你。""好吧,那就说清楚,去会你那个老板朋友了。"她的话音刚落,一记清脆的巴掌响起,脸上红红的,多了五个手指印。阿天带着哭腔喊:"干吗要失踪一个月呀!你不知道我到处找你吗?差点连天都掀翻了。你干吗要做这样下贱的事情呀!"阿无眼泪吧嗒吧嗒地淌,说:"我不下贱这十万元拿得回来吗?我怕你被赶出家门,自暴自弃,又去沾那玩意呀。我反正是不清白的了,干脆都告诉你吧,我小时候就被继父强奸了,我早就是下贱的人了,我配不上你,我们分手吧!"阿天愣住了,一下也不哭了,拉起她的手说:"走,我带你回家,去见我父母,我们明天就去结婚!"

"不!我不结婚!我晓得自己的身份,我不属于这个城市,你快回去做自己的事情吧,好好做人,好好生活。"她把阿天推出门外,把门锁上。

她走到窗前,打量着外面密密匝匝的高楼大厦,打量着这个愈来愈繁华的城市,打量被炙烤得滚烫的水泥地面上如蚁的车辆和人群。一缕金色的阳光射进来,屋里顿时金灿灿的,一股暖暖的味道在她身上散发开来。

她趴在窗台上很快迷糊起来,不知不觉进入了梦乡。屋里的录音机正在播放一首老歌:"没有花香,没有树高,我是一棵无人知道的小草。从不寂寞,从不烦恼,你看我的伙伴遍及天涯海角,春风啊春风你把我吹绿,阳光啊阳光你把我照耀,河流呀山川你哺育了我,大地呀母亲把我紧紧拥抱……"

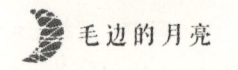

逝水流沙

一

踩上这座桥的时候,我才想起自己是真正地回到故乡了。我伸开双臂,双目微闭,深深地吮一口泥土的气息,好像桃花、梨花、油菜花的味儿全跑来了。

我总喜欢无事的时候到桥上去转悠,去听蓼水河或欢快或轻缓或湍急的水调歌头。而现在那水浑浊不堪,翻滚着黑黑的污垢和黄色的沙土,像一把柳叶眉刀,每波动一下便要狠狠地往河床上刮上一刀,一波推上一波。岸边的水草身上缠绕着一些杂物,有一种黑黄黑黄的污垢紧紧地包裹着它们的身体。岸边的沙石光溜溜地在阳光下翻晒,一些阴影部分暗藏在时光的深洞里。朝远处看,河床就像一个被剃了半边眉毛的怪物,我无论如何是找不回童年中的那条河了。这真是让人痛心的,我记得很小的时候,这里的河水都是可以挑回去做饭吃的,那水是多么洁净和甘洌,就像清幽幽的泉水!

此刻的渡口如一个安度晚年的老人，静悄悄的，让人几乎感觉不到它的存在。偶然，我在桥上瞥见它默立一隅的落寞，让人想到古时被打入冷宫的妃子。但有时也有那么一下子的恍惚，仿佛还能听到黄家码头浣衣的潺潺之声，尤其是船要靠岸的时候，那泥鳅一样的小子一个猛子扎下水去，身后的水花溅到那些拿着棒槌槌衣服的大婶身上。那清澈见底的河水在船桨的拨动下荡出愉快的歌声，与岸边大婶们欢乐的嗔骂声交错彼伏，好不热闹，甚是有趣。

我身后不时穿梭而过的车辆让这座没有桥墩的吊桥有一种缆绳伸缩的颤悠感，人在桥上便有种弹棉花的味道。初感觉到这种大脑一小会儿的空白的刺激时，心里还是惶惶然的，不免东张西望，看看周围的事物是否注意到这种细微的变化，久而久之，便也觉得惯常了，心里也坦然起来。毕竟这座桥的落成，对家乡的贡献是巨大的，很多人的腰包也因为交通的便利变得鼓鼓囊囊的。桥通了，路宽了，经济搞活了，门路自然就多了，马路两边的高楼大厦如春笋般板起腰身，笑眯眯地吸收着车辆扬起的沙尘和尾气。

我模糊地记得当年在这座桥上全家合影留念，我们身后那几个红色的大字"高沙大桥"赫然在目。据说，那是当时的省长亲笔题的。这桥在全省是唯一一座没有设计桥墩的吊桥，图纸也是由家乡的一位桥梁专家设计的，这位从家乡走出来的专家在蓼水河上做了第一块试验田。当时人们为了修筑这座桥，方便两岸的交通，情绪高涨，村里的人都自发地捐款捐物，没有捐献的村民就出劳力，大家齐心协力共同完成了这项艰巨的工程。桥的东面，有一排默立的碑文，里面记载着数目不等的募捐人士的名字，与这座桥一起千古流芳。

这座桥的外形是比较特别的，桥面两边虹一样的拱形像一把大大的弹棉花的弓。这桥的怪就在这里，也奇在这里，其他桥的弯拱都是弯在桥下面，而这桥却把拱弯到桥的上面，当时吸引了不少桥梁专家和好奇人士来这里观看。每到酷暑的夜晚，就有三三两两的恋人或老人们在桥上流连，桥下面的蓼水河缓缓流淌，给他们吹来一阵阵凉爽惬意的风。

再回去的时候，发现桥开始维修了，据说当时用的水泥和钢筋的标号不够，现在要重新加固。又有人说是设计的问题，因为是第一座吊桥还没有经验，所用的材料与桥的设计不符，总之众说纷纭。最后，人们在茶余饭后也渐渐地淡忘了，桥的两端都砌了一截水泥墙，中间留的空隙刚好够一辆小汽车经过，桥的拱上面写了大大的标语——五类危桥，重型车辆禁止通行。是站在桥上面那种颤悠悠的感觉愈发明显了，还是那张已经拉到最饱满程度的弓迟迟射不出身体里的利器？也许是，也许不是。它如今就像一个驼背的老人匍匐在地，行着朝圣之礼。

再回首时，恍如隔世。

再回去的时候，发现那座桥已经被铁条封住了两端的出口，听说马上要被炸掉重修了。而人们谈论到它的时候，就像在谈今天市场里白菜萝卜的价格行情，又或者是谁家的母猪下了几个猪崽，又夭折了几个。人们已经忘却了那一辆辆载重十多吨的卡车从它身上碾过时的岁月了。它就像一杯白开水那样喝起来索然无味，再没有刚刚开通时的那种被人郑重其事地端到桌面上来夸耀的激情了。父亲1994年办的那个涂料厂，也因为交通的便利扩大了生产和销路，还有许多的庄稼户脱离了面朝黄土背朝天的贫瘠和艰难，他们因为这座桥的贯通体体面面地成了街市上的商贾，像土豪财主一样肥得冒油了。它的落成和使用，使得全国各地诸如此类的桥梁遍地开花。但这些都已经是明日黄花，像一阵来去自由的风，是那样的洒脱不羁。投入这座桥的几百万元就这样像一枚重磅炸弹被掷入蓼水河，也许它给人们带来的效应是不能用这个数字去衡量的。它的落成使对岸的人们不管是面对洪水还是干旱都不必再乘船了，多年前的那个晚上，满满一船去看《十五贯》的人也不会落水了，那些被这部《十五贯》夺走的生命是多么令人感到遗憾啊！面对这座即将灰飞烟灭的桥，我像一条被异物卡住喉咙的鱼，鼓得腮帮难受，而我的眼睛在蓼水河的冲刷下好像已经习惯和麻木，已经流不出清澈的泪水了。

　　仔细再看它的时候，感觉看的人不再是我了，村庄也不再是从前的那个村庄了，就像那座如被捆绑住的精神病人一样的桥梁，在这个时代的风口浪尖上，乡村的原生态只能在多年以前的记忆中依稀存在。

二

　　每回一次故乡,我就发现一些不同,故乡正在悄悄地变化,一点一点地,一点一点地,篱笆墙,狗吠鸡鸣,大片的翻滚着金黄波浪的田地……这些亲切的影子像一朵风一吹就散开的蒲公英,一下子就消失得无影无踪。

　　是啊,故乡已经不是从前的那个故乡了。

　　故乡已经正式被批准为全国历史文化名镇。瞧,离这座桥几百米远的地方又兴建了一座仿古木桥。据说洪武1385年这里就有一座石墩木桥,初名叫真武桥,于1975年被拆掉,只留下一个石墩。那时候还没有现代的工具,全部是人工操作完成,据说古时候为了修筑这座桥死了很多的壮劳力。可以想见那一根根巨大的橡木和檩条、一块块笨重的未经打磨的青石要垒起高台,这种下死力的活要多少人的血汗才能修筑成功?!桥下有11个石墩连接,后名廻澜桥,又名祖师桥。现在只是复古,是被发掘出来的历史文化产物。

　　这座桥落成后,在迎接全国全省各地名家、商家以及政界要员的剪彩仪式的头一天下午,一辆摩托车莫名其妙地撞上这座桥的石碑,当场有一人驾鹤西去。当时年长的老人就议论纷纷,说这桥的煞气大,古时修建时就有许多人丧生,现在还没有通行就血祭祖师桥,真乃天意所为,难道是老天收走了这个人的魂魄用来守护这座有灵气复苏的桥?一时之间,议论纷纷,给这座桥蒙上了远古的神秘与传奇色彩。

走在桥上,抚摸着那些亭台楼阁,闻着儒经墨香;那酱色的巨大的檩条,还有桥上供奉的祖师爷,袅袅檀香,让人仿佛回到西汉时的都梁,回到三国,回到古色古香的唐宋明清。而这条资江重要的支流——自西向东的蓼水,似乎也响起了湘黔古商道旌旗飘摇的猎猎之音……

桥的另一边,古街也有了秦汉的标志,唐宋的词阙,真正是"五里长街,烟景繁华"的"小南京"。那历史悠久的青石板在冷月下泛着清辉,冥冥中历史正在眼前风云变幻,魔幻般与我们擦肩而过。仿佛我们就是已经作古的人,而古人亦是现在活着的我们。

这座桥的复兴刺激着人们兴奋和新奇的神经末梢。与那座相距不远的即将崩溃瓦解的高沙大桥,形成了可笑而鲜明的对比。一个是正在得宠的妃子,一个是等待执行死刑的囚徒。似乎,这就是宿命和历史。

我回到故乡再不能踏上那座可以一闪一晃的吊桥了。可我能再踏上这座只供行人休憩和行走的祖师桥,可以放眼远望,可以在雅致而古老的橡木上打盹,可以望着波光粼粼的河水发呆。这里没有车辆的尾气和扬起的沙尘,那些孔孟的儒家经典耳濡目染地占据精神的一隅,好像自己也成了古人。

可我总觉得少了些什么,心里有一种说不出、道不明的空虚和失落。我站在祖师桥上,不经意地就看到了那座被铁条捆绑的高沙大桥,那一刻的苍白也显得多余。再没有人静下心来去追问过去,人们对这座将要被执行死刑的桥梁已经失去了刨根问底的兴趣,我的脑海里想起了母亲和村民的絮絮叨叨,呀!了不得呢!我们已经是历史名镇的人物了呢。那些过往的风旋起秋天的枯叶,鸟儿一样叽叽喳喳地窜向四面八方。

按照道理,征掉那些田地来修建一座座月牙式青砖碧瓦的建筑是为了衬托那座古桥的古朴与风韵。这些土地的牺牲是必要的,就好像那座投入使用二十多年的吊桥,是为了更多的桥坚固稳定,它的牺牲是必然的,是需要的。而我却总怀念那块土地上的绿色,那放眼一望的辽阔,那躬耕繁忙的快乐与淳朴,以及那可以招来无数蜜蜂的金灿灿的油菜花。那些大兴土木的建筑正呼应着这个蕴含了几千年历史文明的运动,发现与挖掘是重要的,虽不能让历史原貌重现,至少可以撩动起人们的无限遐想,可以缅怀,可以追溯。

我站在这块秦汉时建街的土地上感受着历史的变迁,这些深深埋藏的历史宝藏仿佛亲眼见证,见证故乡的热血沸腾,见证故乡的荣辱与起落。每每茶余饭后,人们讨论的话题就是这条街要加上苗寨式的风格了,有着湘西凤凰的特征。那些钢筋水泥的表面需要一些古朴和青苔,那样才更有历史的沉淀。那条街曾经叫新街里,于是这条道的出口就有了一副新街里的牌匾……是的,一切都将有条不紊地进行。一些歪歪斜斜的木板房被打上了重点保护的标志,一块小小的四方形牌匾上注明了修建的年代,并注明是某个朝代的某个名人的旧居。

三

　　岸边正在搞建设的挖土机干得痛快淋漓，那只巨大的螃蟹一样的爪子高高地伸到半空，又徐徐地降落，用一排锋利无比的齿啃出一个个坑。那些伸展开身躯的齿匍匐前行，与泥土脸贴着脸、嘴对着嘴地交流，那模样有些像野猪的嘴巴在拱土，一下一个坑，一拱一道沟。那些暗黄、浅黄、深黄的泥土掺杂着黑色和浅红，这些颜色深浅不一的泥土被赤裸裸地暴露在天底下，与灿烂的阳光一起细数着历史的年轮。

　　岸边堆放的一堆堆沙丘和垃圾，在氤氲的文化气息中发酵成历史的产物。在某一个不为人们关注的日子，再被挖土机悄悄地拉走，填补哪段历史的空缺去了。

　　蓼水河的河水依然自西向东静静地流淌，默默地养育着两岸的百姓。也许它永远搞不懂秦汉时的水，可以永无休止地流下去，那些曾经多少次被洪水冲毁的家园和庄稼，总能一代代地传承下来，生生不息。

　　我每回来一次，总能嗅出故乡的体味。而现在却不灵敏了，那些远古的东西一件件地摆放停当，而我就像是一个懵懂无知的孩子，我必须重新去认知又熟悉又陌生的故乡了。

　　这里的人们适应得倒是挺快的，好似都有了文化底蕴，谈吐儒雅得体，潇潇洒洒，不再是东家长西家短的流言蜚语，那些闲散的笑话都被蓼水河冲到下游去了。人们嘴巴里流淌的都

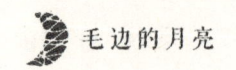

是石堰八景、曾氏宗祠、观澜书院……

母亲每次看到我回来,就要眯起双眼,戴上那副老掉牙的老花镜,摸出一本细密如蚂蚁的族谱,要我找出某个上上代的上上代,那是我们的祖先,据说是个朝廷官员,非得要供奉起来,以便后人礼拜。让人好像真的回到那个书香流溢的时代,每一条胡同和街道都染上了神奇的水墨。

云峰塔倒映在蓼水河上的影子一会儿清晰,一会儿模糊,像个变化无穷的迷宫,像一个难以猜透的谜。

而我一次次在故乡的惊叹和高潮中来去,如一条在蓼水河里行走的鱼。朝出夕归,阳光把我的影子一会儿拉成一条长长的细线,一会儿又浓缩成一堆文化的沙丘。

阿背还乡

农历甲午年八月初一的上午,接到湖南省作家协会副主席姜贻斌的电话。他告诉我一位台胞老乡——金门大学的驻校作家杨树清先生,要回老家祭祖,吩咐我准备好祭奠的用品,然后去下高速的大水出口等待他们。

我一一准备好之后,就与洞口县作家协会主席周伟一起去迎接他们。待见到这位急切回家祭祖的高高大大的杨树清先生时,我们才知道他对自己的祖坟一无所知,只知道父亲留下的线索是一个叫高沙的地方,只好要我找个有高沙镇标志的牌子拜祭。

我们便帮他把东西拿出来,点上蜡烛和檀香,杨先生从随身的包里拿出两瓶金门高粱酒,还有饼干。他倒满三杯高粱酒,再拿出两本书来一左一右地摆放在供品的两边,我侧目一看,题目是《阿背》,杨树清著。

在杨先生手捧檀香对天跪拜的时候,我听到他喃喃地念叨:"背,阿背,我回来了,回到了湖南高沙的这块土地。我从小就在阿背的背上长大,八十三年了,您没能回来望上一眼……我要抓几把故乡的泥土放到您的身边,让故乡的泥土陪伴您，了却您的愿望。"我听到这几近哽咽的小小的声音，心里也徒然伤感。看着他灰白的头发，虔诚地接地的姿势，我好像感觉跪在地上的俨然是那个八十三年没有回过故乡的阿背了，又或者是阿背的魂魄依附在他的身上，望故乡的山水，跪故乡的土地，此刻他与阿背混为一体了。

是啊，是阿背回来了，阿背终于还乡了！

中华全国台湾同胞联谊会的唐金栋先生不停地给他拍照，留下了他面向家乡跪拜在故土的珍贵影像。祭拜之后，我们点燃鞭炮，甚为凑巧的是，对面的村庄不知道因了什么喜事也在燃放鞭炮，顿时，噼噼啪啪响作一团，好不热闹。杨先生激动又开心地笑起来，嘴巴里炒豆子一样蹦个不停，说："看！家乡都在欢迎我回来呢，阿背呀，是不是你在显灵呢？！"我们看着他像个老小孩一样兴高采烈，也都为他高兴。因为时间很紧，马上要赶去怀化，姜贻斌先生为了满足他寻亲未果只好一心祭拜的愿望，特意转道来到高沙。他们也是用第七届两岸作家互访交流活动的便利为杨先生开了小灶，临别之际，杨先生只好用两个塑料袋抓了几把故土恋恋不舍地离开了高沙。

非常荣幸的是，杨先生把祭拜阿背的两本书送给了我和周伟先生。据说，杨先生还委托沈从文的孙女沈帆、外甥黄毅教授联系了高沙镇和竹市镇的单位，找到"曲塘"等线索。中华全国台湾同胞联谊会、中共湖南省统战部也多次下来了解情况，却都因为线索太少而中断。我们不禁被他十二年来锲而不舍地寻根问祖的决心和毅力所感动，决心为他圆这个两代人的梦。

接下来的寻找是艰辛的，我们用杨先生留给我们不多的线索作为引子展开这条寻亲之路。杨父1931年去山东从军，然后随军团去了金门，因种种因素离家83年未曾回归，我们把他提供给我们的名字抄录下来，在邵阳市范围内展开调查，去各个派出所的户籍室查询。因他提供的名单多是年岁过百的老人，均已不在人世，后来发现城步县一个叫杨福娥的生于1917年的户籍资料，并且还没有过世。我们判断她有可能是杨先生父亲的妹妹，因为他的父亲生于1912年，那么这个年份是比较接近的，而且又是同名，极有可能是杨先生的姑姑。我们不仅为这意外的发现而感到窃喜，不想，我们经过进一步的调查后发现她并不我们要找的人。我们奔波了十多天，我联系了杨先生说的老家在曲塘杨家的同学帮忙，几日后他也回复说杨先生的直属亲人几乎都已经离世，很难寻找。这时线索全无，寻找顿时陷入了困境。

此时，周伟先生与我也感到寻亲渺茫，但还是四处留下线索，委托他人帮助寻找。我想起中秋之际，杨树清先生给我发来"海上生明月，天涯共此时"的祝福语，短短的十个字包含了他多么复杂的心情，我能理解，那不仅是他的心声，更是阿背多年未了的心语。那份沉淀了一生的思念在海峡两岸拥有面对同一轮圆月的唏嘘与感慨，这是难以言表的。此时无声胜有声，杨先生好像已经融入了祖国这个大家庭，虽然我们与他只是一面之缘，却是文学让我们相识，湖南省作家协会、洞口县作家协会都已经视他为家人，虽然寻根之路陷入困境，却更加坚定了我们的决心。

一天晚上，我同学杨松军突然打电话来告诉我，说已经找到了一些眉目，我不禁欣喜万分。通过各方面朋友的相助，我同学也使出浑身解数，查阅了40多本族谱。差不多半月后，终于理清了杨先生的家族关系，并且找到尚在人世的一些亲人。

9月20日，周伟先生在母亲生病住院的情况下，为了了结这个心愿，他不顾此前通宵照顾母亲的疲惫，带领着洞口县作家协会主席团成员袁昕及袁自远组织了这次江口镇、高沙社山、高沙洪茂的寻访活动。为杨先生尚在世的堂兄弟及表兄弟合影留念，我也以最快的速度将这些亲人的照片发到了杨先生的邮箱。

至此，为杨先生的寻根历程终于结束，历时25天。多亏了父老乡亲们的热心相助，大家齐心协力，共同为阿背圆了还乡寻根之梦，虽然圆的是迟到的梦，我想阿背泉下有知，一定是欣然安息了。

晚上开车回到家里，我终于可以甜甜地进入梦乡。在梦境中我仿佛还听见杨先生的呢喃："背，阿背，我回来了，回到了您日夜思念的家乡！"

是啊，阿背回来了，他在儿子杨树清的千呼万唤的呢喃中看到了离别了83年的故乡。他游离的魂魄终于合为一体，安然而去。

于千禧年故去的阿背享年92岁，他闭上双目的时候也许心里遗落的那块地图成了他永远的遗憾，他的根漂流向何方？也许在他的心里，他赖以生存的根就在金门那个岛乡。

在他离开祖国大陆的时候，家里的双亲及亲人均已离世。

在两岸开放探亲的年代，他已经成了一个游离的灵魂，他的土他的根都深深地扎在两个儿子身上了。

而令人奇怪的是，他两个儿子的梦境却是那么惊人的相似，他们很少梦见自己的母亲，却都能梦见一个年轻的未知名女子出现在他们和阿背的生活中。冥冥之中，传递着一种莫名的信息，他和哥哥虽然是父亲和闽南女子的儿子，但父辈的那种强烈的认祖归宗的欲望是原始的冲动，父亲的根才是他们的根。

这个神秘女子不停地出现于杨先生和他的画家哥哥的梦境中，她总能似有似无地跟随着他们，牵动着他们梦中的魂魄。杨先生的梦境总在战场中上演，那伴随着战火和枪声的一声声时高时低、时急时缓的"阿背，阿背"都有这个女子在场。那似乎是一个深不见底的黑洞，又像是一种着魔的召唤，让杨先生重新点燃父亲失落的火种，寻根，圆梦，成为他锲而不舍的目标和愿望。

阿背应该不会再遗憾，他已经魂归故里。就好像当年他毅然放弃领取六千台币去台湾的决定一样，他不愿再颠沛流离，带着一窝幼崽与闽南女子一起开创新的家园。他已经经历了太多的枪林弹雨，烽火连连，他总把对岸用炮弹打来的劝回的宣传单藏匿，而不是上缴，他渴望太平，渴望有根。

恍惚中，历史倒退，我们似乎还能看到阿背在金门那块落满炮弹的岛乡捡拾永历通宝和光绪通宝的古钱币；看到他种番薯以及收获番薯王的快乐；看到他每逢佳节在番薯田朝着来路的方向焚香祭拜。这个大字不识一个的老兵在这个留下了8个子

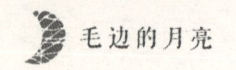

女的复杂家庭里用番薯的收成度过一个个晨昏……

我知道此后杨先生的梦境中呼唤"阿背，阿背"的时候，声音一定不再游离而飘渺，那呼唤一定是清晰有力、浑厚坚定的。

这世上还有多少个抱憾而去的阿背？还有多少个悲欢离合的故事在上演？这是我们所不能预料的，但是我想千千万万的阿背都是渴望大团圆的，渴望有根的，这是他们共同的美好心愿与向往。

海上生明月，天涯共此时。但愿两岸的人们都能齐心协力，在这个和平的年代，拧成同一股绳，构筑同一个梦……

早晨，那朵跳动的红云

我喜欢迎着浸润露珠的清风漫步，喜欢风在我身上捉迷藏一样窜来窜去。那样的风清新而柔软，像流水一样畅快，轻轻地扬起发丝，鼓起单薄的衣裳，滑过每一寸肌肤，这是何等的惬意！

我更喜欢在早晨漫步时带上一本书。

那条漫步的小径上有树木和花草，再远处是一条轻轻绕过的小溪，它流动缓慢，让人感觉不到它的存在。它悄无声息地趟过花草树木和岸边沉默的光秃秃的石头。它是融入这里的早晨的唯一的流动，却没有发出任何的声响。

我很久前就已寻到这条小径。由于偏僻而幽静，一般人不容易发现。开始时一截小路很窄，仅容一双脚通过，两边葱茏的青草差点将它掩埋，草上的露珠会将鞋子和脚打湿。经过这一截小路之后，进了林子，就上了一条宽阔的小道，里面别有洞天……

我喜欢这里无与伦比的静谧。在这里边走边看书，耳边只有自己的脚步声和翻书的声响，那种感觉很美。听着一个人的声音，呼吸着泥土的芳香，我陶醉不已，沉浸在一个人的世界里。

我正在这个空气清新的早晨漫步。我手上的书已经换了一本，正在读《青草地上落满花瓣》的开篇，日本作家东山魁夷的《听泉》。这样的环境很适合读这样的文，我感觉自己也成了那只鸟儿，倾听这叮叮咚咚的泉水，清理心灵的污浊，感受干净的天空，感受舍弃自我，感受真实的美。

这个时候，我身后传来踏踏的脚步声。我极为惊讶，这个曾一度属于自己的天地难道被人发现了？沉吟之间，一个身穿黄色运动服的男孩从我身边气咻咻地经过，一小会，又过去一个中年男人，估计是他的父亲。我依旧看着自己的书，好像这一切从未发生。

不一会儿，那个小男孩绕了一圈再次经过我身边，脸上因为运动已经像个熟透的苹果，他目不斜视，仍然对我视而不见。他的父亲追在后面，却不时地回头看我一眼，看枝叶擦过我的耳边，看我轻悠悠地翻书，对他们的闯入不予理会。当他第三次与我擦身而过的时候，我一抬头，撞上了他眼里的疑惑与好奇。我心里一动，顿时感觉脸上有些发烫，也许他看到了我脸上的沧桑。

我合上书本，知道自己已不能完全属于自我。我并不埋怨他们破坏了这里的安静，因为我同样可以享受生命中的运动之美。我想起刚刚看完的《听泉》，是的，舍弃自我，才是真实的美。那男孩脸上跳动的红云给这沉默的绿色增加了一抹耀眼的亮色，像一朵流动的红花，让这一小片天地瞬间生机勃勃。

我悄悄地退出了这块让我沉迷的世界。我走出那条小径，眼前一片开阔，柔和的阳光镀在我的身上，车马喧嚣的声音从四面八方涌来，行人匆匆，好一派繁忙。

我知道，真正的早晨，已经开始了。

第四辑 精神重塑

毛边的月亮

一朵暖色的向阳花

再次读到《漫水》是在一个暖融融的冬日,清风拂面,阳光明媚,能隐约闻见金黄的麦秸、香软的稻草以及太阳花的味道,有一种春天的气息与力量铺陈开来……

"雨越落越猛了,看样子歇不住。"有余递过烟袋,叫有慧卷喇叭筒。抽烟的时候,有余望望对面的田垄,雨水漫过田坎,满眼尽是小瀑布。千工坝的水也漫出来了,流成几个更大的瀑布。山上必定也有水流下来,只是叫枞树挡住了,又罩着很浓的雾,看不见。有余想,漫水这地名,就是这么来的吗?其实,一直都在想漫水这个地名的由来,有余的想法就不由得令人看到一幅乡村风景的画卷,看到春天的雨水正慢慢地从这幅画里溢出来,从这清澈透亮的水里洗濯出一个个活灵活现、淳朴善良、血肉丰满的人物群像。

很喜欢"漫水"这个题目,灵动、清新而又充满诗意。最初并没有想到漫水是个地名,是个村庄,只感觉给人更多的想象,空灵又浪漫,念起来随心、随意、亲切,像在呼唤一个亲人的名字。而读过之后就想到上善若水,想到漫水这两个字承载了太多的深意,世间万象,淡泊从容,沧海桑田,一种全新的安静的生命体验。如一首会流动的诗，一幅会行走的画。文本以一种舒缓有序的节奏勾勒出漫水这个村庄的神秘，如行云流水，花开花落，让人从浮躁而喧嚣的繁杂中回归最初的安静，一种精神的皈依，灵魂与家园的回归。

再读《漫水》之后，余公公与慧娘娘的素朴之爱令人想到向阳花，想到属于它的另一个名字"望日莲"，光明，美好，纯净。有"更无柳絮因风起，唯有葵花向日倾"的感受。暖暖的感觉，一种沉默的爱，不能说出的爱，执着地追求着美好与光明。

余公公是漫水可以主事的头面人物，子女都搞得好，儿子出国，女儿在香港经商。他的儿女们都说，老爸要是多读些书，必定是了不起的人物。漫水只有余公公跟旁人不同，他不光是样样在行的匠人，农活也是无所不精。漫水这么多人家，只有余公公栽各色花木，一年四季，花事不断。有人说他很怪，菜种得老远，花种在屋前屋后。其实并不怪，因为慧娘娘屋就在他的对面。可见余公公的心思细腻，非一般粗野乡人，他的心思跟做木匠、泥瓦匠、画儿匠这些手艺一样灵光。

余公公本名有余，与有慧是出了五服的同房兄弟，有慧从外面领了走投无路的从行板堂出身的慧娘娘回来成家。慧娘娘来到漫水之后，用自己的聪明与金子一般的心灵征服了漫水的人们，赢得了大家的尊重。她给村人看病、接生，后来又给死人妆尸，不怕苦，不嫌累，与人付出无怨无悔。就连经常说她烂话的秋玉婆过世，她也照样给秋玉婆妆尸，说一堆好话送她上路。有余喜欢吹笛子，慧娘娘听到就打拍子，有慧告诉有余之后，有余再也不吹笛子。直到有慧和余娘娘都过世，慧娘娘提出再听他吹一回笛子。余娘娘过世，慧娘娘拿出自己的寿衣寿被给余娘娘用了，有慧死了，余公公把自己的樟木老屋（棺木）给有慧用了。慧娘娘来漫水的日子只有余公公牢记在心，慧娘娘为此念叨了千百次："余哥，你怎么记得我是阴历九月初十来漫水的呢？你慧老弟是记不得的，我自己也忘记了。"

余公公七十多岁的人了，又亲手割了一男一女两副老屋。不料，慧娘娘的儿子强坨不争气，因为太穷，偷了余公公放在屋里的漫水之宝龙头杠卖掉，慧娘娘气积于胸，撒手西去。余公公眼泪吧嗒吧嗒地掉，他亲手给慧娘娘妆尸，送她上路。慧娘娘是外乡人，没有婆家，没有其他亲人，但漫水受过她恩的女人都为她哭丧，为她送葬。

《漫水》这部小说的笔调有别于先生以前的官场小说（譬如当年轰动一时的《国画》），它的语言以一种全新的姿态呈现出先生对故乡对家园的无比深情，凝练、朴素、亲切、接地气，又不乏张力，娴熟地构建了作者心中一个理想的自由王国与"希腊"小庙，静穆而温情。方言俚语展现一方山水，风土人情，充分体现出具有地域特色的博大精深的传统文化。小说细节生动到位，譬如："突然，响起一声炸雷，秋玉婆的下巴掉了下来。死人的下巴往下掉，下眼皮也就拉开了，眼睛白白地翻着……有人就说，冤枉话讲多了，遭雷打。这回真是相信了。"

漫水四面环山环水，在那样一个特殊的年代作者用一个温馨而感人的故事烘托出漫水这片土地的淳良，主人公余公公慷慨大方，乐善好施，为人正直，敢于担当，受人尊重。慧娘娘美丽善良，胸襟宽广，助人为乐，有地母般的大爱情怀。文中人物个性鲜明，遵守乡村伦理，宣扬健康的人性之美与朴素的人格魅力，给人以温暖的阅读体验，让人萌生一种安静的力量，像一朵会行走的向阳花，给漫水、给在路上行走的人们镀上一层暖色。

王跃文先生的这部中篇小说《漫水》获得了第六届鲁迅文学奖，应与这朵温暖的向阳花息息相关，向阳花默默地奉献精神和虔诚地扎根泥土、面朝太阳的精神坚守升华了小说的主题和高度。这种精神上的坚守正如小说的题目"漫水"，慢慢地渗透与流传开去。很唯美，安详，宁静，返璞归真，简单而有生命的真义。文中充满痛感的底层叙事和诗意的艺术渲染揭示着更深层次的文化底蕴，能引发人们更多的思考。就如小说的结尾："他抬头望去，山顶飘起了七彩祥云，火红的飞龙架起慧娘娘，好像慢慢地升上天。笔陡的山路翻上去，那里就是漫水人老了都要去的太平垴。"

毛边的月亮

最后的坚守者

《活着之上》我最想表达的是：活着固然是活着的意义，活着并不是活着的全部，现世的自我不是意义和价值的边界。

——阎真

2015年，第九届茅盾文学奖评委会进行了五轮投票，包括湖南文艺出版社出版的湖南作家阎真的《活着之上》等10部作品获第九届茅盾文学奖提名，将角逐大奖。

我迫不及待地读完这部长篇小说，被里面的主人公聂志远的人生经历深深地震撼着。聂志远是典型的知识分子代表，而他一波三折的人生体验却是整个社会的缩影，让我们看到了中国高等学府里面的波云诡谲，风雨沉浮，也让我们深深地体会到学术反腐的迫切性与坚守者的悲情之歌。

聂志远这个没有爹可拼的知识分子，在那种现实下为了娶到心中的至爱终于拿到博士学位，成家立业。然后，他就开始面对一大堆的家庭压力。

他做梦都没有想到最后自己竟与同学在同一个学院共事，而且是当年抄自己答卷的同学蒙天舒。而这个"屁股中心论者"的蒙天舒学问平平，却善于钻营，考研差分却能照样录取，与聂志远换导师，再"借鉴"他的论文通过运作成为全国"优博"，登上了麓城学院院长助理的位置。生活就是这样的滑稽和荒唐。没想到换个导师就等于跟他交换了命运。一个是领导，一个被领导，一个高高在上，一个生活失意，尝尽苦难与挣扎、犹豫与迷惘。这些纷繁复杂的人事，让人深深地感到人在江湖的险恶。生活中的潜规则，官本位思想如影随形，让聂志远在现实面前无比痛苦和无奈，为了现实生活而几近折腰。令人感动而欣慰的是，这个清高而可怜的知识分子最终还是坚守了心中的那片净土，用自己的血泪默默地坚守着作为知识分子的人格尊严和良知。

小说的开头一节就非常绝妙，以主人公的家乡鱼尾镇小时候死人的场面铺展开来，写出那种热闹与兴奋、乡俗与风情，让人感觉不出死亡的悲痛，仿佛那些亡灵与生者原来可以如此超然物外，没有生死的距离，也没有对尘世的不舍与眷念。直到聂志远的爷爷过世，他才懂得离去是每个人都要面对的事情，包括自己。爷爷过世的时候枕头下面还放了两本《石头记》，以致后来让他经常想起在阳光下戴着老花眼镜翻看古书黄页的爷爷，这种场面非常温馨，能勾起我们一些相同的记忆与往事，想起人活着与活着之上的精神与意义。

作者用一种几近聊家常的口吻娓娓道来，以一些日常生活中平实而真切的细节，延伸出聂志远这个历史学博士充满艰辛的生存之路。他的人生历练虽不是特悲情的那种，却也历尽苦难与人情冷暖，让我们看到当今中国高等学府教育体制的漏洞，以绝对的真实书写中国大学体制的现实，展现强大的批判现实主义文学精神，令人振聋发聩。而游弋在生存之痛中的聂志远面临着机遇与挑战的时候，最后一个宣导人文精神的知识分子的良知还是能主导着自我，尽管这种最后的坚守饱含血泪，但还是能让我们看到那点微弱的曙光。

这部长篇与他以前广受好评的《沧浪之水》有着一样朴素而简洁的叙事笔调，前者是倡导官场反腐，而《活着之上》则是直击学术反腐的沉痛之作。作者没有运用任何的写作技巧去取巧争宠，而是以一以贯之的平实写法反映出当代的权威学术问题。全文结构严谨，语言干净朴实，又颇具张力，以"我"的心路历程为主线，用情绪饱满的笔尖流淌出一个个血肉丰满的人物典型，生动逼真，没有拿腔捏调的矫揉造作，丰实的素材给人绝对的真实感与在场感。这部小说最成功的地方就是平实的叙事中带着思辨色彩，能让读者与主人公之间产生一种真正的共鸣，合二为一。让人们掩卷思考"活着之上"的最终意义与价值。

在接近尾声的时候，聂志远最终意外地通过了教授职称的评审，有人欢天喜地，有人号啕大哭，有人当场晕倒，那混乱的场面凸显出人性的脆弱与复杂，艺术地折射出知识分子面临的困境与对命运的无奈，反映了挣扎在这条道路上的精神导师们的人格尊严与社会现实矛盾的事实。

作者对《红楼梦》深深地痴迷，对曹雪芹曾经生活过的地方充满了眷念，对我们中国的精神文明万分地崇敬与依赖。从文中"《红楼梦》就出自眼前这片土地，这也是肯定的……

千百年的历史,在教科书中被一页一页轻轻翻过,只有回到时间细微的褶皱之中,才能体验到他人生的寸寸血泪"。这一段话深刻地体现了作者对这个时代发出的悲鸣,体现了一个用精神坚守阵地者的心声。

是的,曹雪芹为中国文人树立了一个精神的高标。高山仰止,景行行之。他是最有资格接受这种景仰的,而作为一个凡俗的人,不可能像圣人那样超越生活而活着。那么,活着,在自我地活着之上,还有着先行者用自己的血泪人生昭示的价值和意义……我们也将从生活本身懂得生命的终极意义,懂得活着,与活着之上。

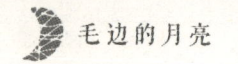

超越现实与历史之上的精神重塑

> 清官多酷,陈廷敬是清官,却宅心仁厚;好官多庸,陈廷敬是好官,却精明强干;能官多专,陈廷敬是能官,却从善如流;德官多懦,陈廷敬是德官,却不乏铁腕。
>
> ——《大清相国》

近读王跃文的长篇历史小说《大清相国》,受益匪浅,这部历史题材的官场小说再现了三百年前的官场风云。陈廷敬现身说法,行走于云谲波诡的政治舞台,坚守自己勤勉,清廉,务实节俭的官场法则,给后人树立了一面为人为官的镜子。

陈廷敬原名陈敬。十四岁应童子试中了头名,有"神童"之誉。因在一次科举考试中有人重名,皇上就赐名陈廷敬。陈廷敬最初的运气非常之差,两次考试都莫名其妙地惹祸上身,甚至被人诬陷为谋杀的罪名。幸得前明隐士李老太爷及其女月媛相救,后又成为李老太爷的爱婿。在他的宦海生涯中尽管命运跌宕起伏,沉沉浮浮,最后都能化险为夷。

陈廷敬善于理财,针对下面的奸商贪官提出了改铸轻钱,轻徭薄税,调整盐、铁、茶及关税之法。他清正廉明,治家严谨，以身作则，忠孝两全，历任吏、户、刑、工四部尚书、都察院左都御史、并值经筵讲官，任职无一差错。为了铲除宫内反动势力，惩治官员奢靡腐败之风，他巧妙地设下连环计将明珠、索额图、徐乾学、高士奇等一网打尽。用他睿智的头脑捍卫官场，制止腐败，造福天下黎民苍生，造就了一个太平盛世。他为官四十八年，康熙帝评价陈廷敬八个字："宽大老成，几近完人"，并赐予"相国"之称。作为辅弼良臣，皇上又将《康熙字典》的总裁大任交给他。一日，他写了一首诗，煞尾处道："十九年中被恩遇，承颜往往亲缥素。画篦去章喜绝伦，凉秋未敢嗟迟暮。丹青自古谁良臣？终始君恩有几人？便蕃荣宠今如此，恐惧独立持自身。"总结和抒发了他此刻复杂的情愫，然后便装聋全身而退。每每无趣之时，他便在半梦半醒中回想自己近五十年的官宦生涯，从当年卫大人告诉他一个"等"字，岳父告诉他一个"忍"字，自己悟出来一个"稳"字，后来又被逼出一个"狠"字，月媛又点醒他一个"隐"字。这五个字的心机和韬略成就了他几十年政坛不倒的传奇人生。

小说的技法传统、结构严谨、素材扎实。主人公陈廷敬以他的旷世之才深得康熙帝赏识，他非凡的才情、隐忍的个性、朴素的坚守给人打下了深刻的烙印。同样，那些烘托主人公的反面人物形象也是呼之欲出，利欲和贪念，野心与奸诈，在争权夺利的宫廷斗争中显露无遗。明珠的老奸巨猾，索额图的妄自尊大，高士奇的虚伪诌媚，徐乾学的野心勃勃……无不给人留下深刻的印象。小说通篇的语感氛围拿捏得当，有古风雅韵，又不失语言的简约，尤其对官场人物的心理描摹炉火纯青，力透纸背。明明杀机四起，却又藏而不露；眼看怒发冲冠，却又隐而不发；笔墨收发自如，恰到好处。小说细节丰满，张力十足，诗意盎然，读来赏心悦目，譬如："台湾收复，众国赶来朝贺礼贡。张善德剥好了一个石榴，小心递给皇上。皇上细细地咀嚼着石榴，道：'京城冬月能吃上这么好的石榴，甚是稀罕……都尝尝吧。'却见陈廷敬望着石榴出神，便问：'廷敬怎么不吃呀？'陈廷敬回道：'臣看这石榴籽儿齐刷刷地成行成列，犹如万国来朝，又像百官面圣，正暗自惊奇。'皇上哈哈大笑，道：'陈廷敬是否想作诗了？'陈廷敬很快成诗，皇上轻声念了起来：'仙禁云深簇仗低，午朝帘下报班齐……风霜历后含苞实，只有丹心老不迷。'"

纳博科夫说：文学是创造，小说是虚构。说某一篇小说是真人真事，这简直辱没了艺术，也辱没了真实。当然，作为历史小说就当为别论了，选定的主角是确实存在的，历史上的人物的思想主体和形象早已确立，在当时的社会反响应是真实的。但既然是小说，并不是史料保存，那么在这种骨感的背后就需要血肉丰满，历史上的这位人物或是看山看水，或是指点江山，或是行迹江湖……也就是说，要让他活起来。那么主人公的故事就存在着一定的虚构和重塑。作为一种文学现象，就需要某种创新，需要思想上的再创造与纵深，需要艺术性的渲染，从而实现社会意义与精神价值的统一。

面对如此浩大的历史背景、碎片化的记忆，王跃文并不坐实史料，而是根据文献史料确立人物的精神面貌，将主人公回炉锻造。在现实之中虚构细节，沉潜其筋骨，铺以雅韵古风，注入血肉，提纯之后的陈廷敬似清风徐来，栩栩如生，可观可感，真实而有温度，可博古通今，可远观可近照。这种现实主义的写作手法运用到历史小说之中，让人物鲜活而具动感。故事一波三折，制造的悬念、铺垫、高潮等一气呵成，情节生动，险象环生，引人入胜。更为难能可贵的是，小说以一种现代的观念与古典的灵魂碰撞与对话，以陈廷敬和作者都信奉与恪守的"清贫耐得始求官"的精神主体贯穿于小说始末，合二为一，成功地完成了一次三百年前的穿越。这种超越现实与历史之上的精神重塑，不仅重演了历史风云，更成为当下的一种精神力量，完成了作者对理想主义的美好愿望，对政治文化的清明之心，对人性的拷问和思量，并成为一种不死的精神延续。

从《大清相国》销售逼近百万之巨可以想见人们对此书的热衷和追捧，可见以陈廷敬为代表的清官名相的人物形象在今人心中的地位。无疑，王跃文的这种书写方式是为大众所喜爱的，这种文学力量积极地影响着读者的人生哲学。罗曼·罗兰说："缺乏理想的现实主义是毫无意义的。"那么，《大清相国》的写作经验是当代历史小说的新生，作者借鉴历史，怀着悲天悯人的社会责任直面现实和历史，古为今用的精神重塑给世人以警醒、以思考。这种精神价值超越于现实和历史之上。

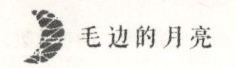

随风而逝的童谣与情歌

读到姜贻斌的《火鲤鱼》的时候,我在秋意浓浓的长沙,陶醉在毛院浓浓的文学氛围里,幸福得像一尾火鲤鱼。这部由湖南文艺出版社重点推出的长篇小说,甫一面世,就叫好声不断。《长篇小说选刊》2013年第5期头条全文转载,2014年又获得第五届毛泽东文学奖。

> 橘子叶,片片尖,望见娘屋泪涟涟,
> 少年姐妹今安在,梦里常常现当年。

这是《火鲤鱼》开篇《立春》里的一首童谣,而这首童谣把我带入一个淳朴而忧伤的乡村世界。

据说渔鼓庙的邵水河里有一种火鲤鱼,是一种少见的鱼种,浑身通红,通明晶亮,甚至能够看见它淡黑色的内脏,像一幅大红的牡丹花,画家却不经意地沾了一点淡墨。而这种鱼是极难见得到的,若是谁捉到了火鲤鱼,就会行大运,这种说法让这里的人们着迷与神往,甚至魂牵梦萦。邵水河边的万家灯火就像是天上的星星,星罗棋布,隐隐灼灼,闪烁着神秘与向往，好像一条条火鲤鱼在这深沉的夜色中若隐若现、神出鬼没。

2001年5月，小说主人公五兄弟被送到渔鼓庙所在的那座雷公山下的时候，这个曾经那么熟悉的地方却面目全非，一切的热闹和人气已不复存在。而那些儿时的玩伴与人们却一个个在时代的巨浪中要么搁浅，要么不知所踪，要么轰轰烈烈地唱一出悲情戏。就像一首首童谣和情歌此起彼伏，那些悲欢离合与爱恨交织构成了大雁在天上排成的那个巨大的"人"字，然后，这一切又会随风飘逝。

几十年的光阴无情地抹去了那片纵情玩耍的银色沙洲，雷公山下的那些雷公屎、菌子、野蔊和羊屎粒粒树的绿色树林，这些儿时美好的乐趣像被橡皮轻轻一擦，统统都不见了。面对这个安静得有点凄凉的乡村，让曾经在这里生活过的"我"发出了痛苦的低吟。作者"我"满怀悲悯，运用手中的那支魔幻之笔重新勾勒了一幅幅生动的乡村风景图。他让瞎眼的三国有了女人和自己的崽崽，让想自己主宰命运的水仙有了梦寐以求的孩子，让那么真实的小彩和雪妹子的爱情隔了一座大山，她们在命运面前欲罢不能，痛苦，迷惘，犹疑，万般情愫纠缠不清。可怜的伞把疯癫了还记得跟三妹子的承诺，最终因为那条神秘的火鲤鱼魂归邵水河。那么我与满妹真的见面了吗？苦宝呢？他真的杀了自己的亲娘吗？他是小说里的一个虚构人物，生活中的一个缩影吗？雪妹子自杀的时候那金灿灿的向日葵让她后悔了吗？这一切的一切冥冥之中好似自有天数。

是啊，这一切是多么真实，这些面孔是那么熟悉，他们风里来雨里去的那声重重的叹息就响在我们耳边,他们身上的青草气味和泥土的芬芳是多么让人怀念。

这篇小说的结构追求四季与人生的轮换,以一种新颖的叙事笔调创新和出彩。全文以二十四个节气分章,从立春到大寒,再从大寒到立春,这样循环往复,如我们庸常的日子行云流水般走过一个个春夏秋冬。每节的开头都有一首富含意味的童谣或者情歌,像一阵微微送爽的清风,贯穿首尾,形式生动活泼,风趣而又意味深长,用四季与人生的轮换诠释着人世间的生生死死。作者以在场主义的写法结合现代主义,游离于现实与梦幻、臆想与实际之间,小说里的人物性格都在一个个波澜起伏的故事情节里跃然纸上。一幅中国农村几十年风云变幻的时代变迁图在作者的笔下逶迤缠绵,凸现出人性的复杂与对生活的向往和渴望。

《火鲤鱼》的语言质朴而香醇,像一杯美酒,像一首田园诗,越品越有味,越看越美妙。比如"阳光从松叶针的隙间流淌下来,像金币印在两个女子年轻的脸上……"这样的艺术衬托有多处,像一首动听的歌,像一幅多彩的画。里面很多民俗风情的细节,以及原生态的方言俚语,让人有一种返璞归真的天然之感。同时,作者的构思匠心独运,作品的艺术魅力也独具一格,有散文的大美,有小说的精准与魂魄。作者运用那支神来之笔,自由出入,每节都是一个独立的故事情节,又能巧妙地连接与糅合在一起,将一个个人物命运安排得活灵活现,跌宕起伏,爱恨离别,错综复杂,反映出当代农村的社会缩影与历史变迁。再辅以诗意化的语言,描绘出一幅引人联想的青山绿水、乡俗风情图,那种虚实结合的奇诡与神秘,令人怦然心动,恍如梦境。

  这部小说作者用了十年的时间修改完成,可谓十年磨一剑。小说场景多变,气势恢宏,空间跨度较大,从在地上玩耍的"细把戏"到两鬓斑白的老者,体现了一个时代变迁的过程、一部乡镇的兴衰荣辱史。全文围绕着那条寄予着人们美好希冀的火鲤鱼层层推进,那火一样红的火鲤鱼,让人们能够看见,却永远也无法捉到,就像我们生活中的目标指引着我们向前,却总也无法到达那个梦想中的彼岸。只有那些随风而逝的童谣与情歌,时不时地在心底唱响,唱出我们生活中的欢乐和忧伤、无奈与痛苦、彷徨与遗憾。广袤的大地上留下了我们一行行深浅不一的脚印,以及我们的人生与四季轮换的生命之歌。

一场摆渡灵魂的自我救赎

从孙惠芬的长篇小说《寻找张展》中,我头一次听说"交换妈妈"这个角色,正是这个新鲜的词汇吸引我一口气读完这部小说。我很想知道什么是交换妈妈,而交换妈妈又是干什么的,难道妈妈可以交换,又或者是一种职业。

待我读完这部小说,从寻找张展的过程中我看到一个"90后"的孩子左冲右突的成长上的精神磨难。真的如"致无尽关系"一样,里面错综复杂的关系学说令人头皮发麻,就连"妈妈"这个血浓于水的称呼都可以用上"交换妈妈",都可以从关系中被二次利用,真的是让人目瞪口呆的。作为"90后"独生子女的代表,张展又是以权力倾轧、以爱被伤害的典型。所谓的交换妈妈也就是相互把自己的孩子送到交换妈妈那里去读书,在另一个陌生的城市里由交换妈妈照顾生活,包括以后在这个城市以交换妈妈的社会资源安置工作,等同于一种权力与利益的交易。可见,孙惠芬对"权力"与"关系"的运用和学说是游刃有余的,因为"关系"的搓揉与缠绕梳理出一条经络分明的关系之路,让我们在这个光怪陆离的世界中看到各种问题的发生,解析生活的真相,从而挖掘一种真相之上的精神裂变。在这个物欲横流的时代，对这种强权主义的病态价值观以及物质至上的现实主义的冷漠展开批判。

  小说的叙述简单，作者擅于场景中的心理描摹与性格塑造，隐约可见人性的引渡与心灵的皈依。小说上部是写寻找张展的动机，下部是以张展的书信为心灵独白，小说以一个空难事故与自己作品的机缘巧合为契机，以儿子托"我"寻找他的高中同学张展为线索，以发现张展居然还有个"交换妈妈"为悬念，推动故事情节，让我们一步步走近张展，走进他的内心世界，然后发现一场令人震撼的精神自救，以及两代人之间的矛盾冲突和命运遭际。

  张展出生于干部家庭，从小就被权力统一欲望的思想所绑架。妈妈林小放是个终生追求政治权力的女人，并强迫他们与老家的血脉至亲断绝往来。譬如，张展在家里烙了土豆饼，被妈妈指责为乡村人留恋穷日子的穷滋味。而更为残酷的伤害是小表姐梦梅的车祸死亡被残忍地掩盖真相，父母和奶奶他们编造谎言，要家人统一口径，就说是梦梅走错了路自己撞的车，之所以要这样隐瞒真相，就因为"出事的车上拉的是咱县最大的官儿，他直接管着你的爸妈，你爸妈都是政府干部。"在张展的童年里，只有梦梅照亮他灰暗的心灵，给他温暖和力量。而梦梅死了，父母和奶奶他们甚至还不准声张，这在张展幼小的心灵上划了惊心动魄的一刀，这是血淋淋的伤痛，是无法愈合的创口。于是，他开始逃学、叛逆、反抗，厌恶父母的官派作风。他认识了偷窃的月月，看黄色录像带，跟流浪儿混。后来被送到了交换妈妈那里的城市上学，在交换妈妈眼里张展是个无可救药的混混,与大他八岁的发廊妹斯琴鬼混,他拒绝她给联系的工业大学,而去学美术。毕业后交换妈妈又动用关系把他弄到建筑设计院,他还是不去,自己选择了智障学校。此刻的张展已经有了青葱的成熟,"眉眼不但开阔,还有一个蒜头鼻子,鼻子下方厚厚的嘴唇向外翻翘,有一种原始的野性——"张展是有着自己的个性的,尤其是他生活中的不断失去,梦梅,月月,黑脸男孩……这一切让张展开始反思自己的生命轨迹。

  张展的成长经历足以让他坠入堕落的深渊,而难能可贵的是他却与堕落擦肩而过。爸爸因空难离去勾起了他强烈的思念,他在爸爸的故乡发现了他亲手打造的家具,发现了他对自己命运的安排痛苦的挣扎和矛盾的心理轨迹。有人说,心灵不在他生活的地方,而在爱的地方。于是,他在画爸爸的画中画了水草、小鱼和小虾,用这些生命的征象祈求爸爸的灵魂有所归宿。于是,他去医院做了一名大学生志愿者,零距离地接触那些濒临死亡的绝症患者,他体验到了与爸爸的有温度的碰触,他不再孤独,他跳出了精神崩溃与价值坍塌的泥潭,在颠沛流离的人生中开始新的起航……

风起云涌,剑胆琴心

众所周知,小说的魅力在于其无限的虚构性和精神重塑,这两者紧密联合,来去自如地贯穿始末,各执其责,而又血肉交融,相辅相成。既能在特定的环境和语感中成镜成像,塑造出大千世界、芸芸众生,又给人以真实与虚幻、灵肉与烟火的张力和超越之美。而抒写政治文化的现实主义长篇力作,惟楚有才,于斯为盛,如王跃文,如阎真,如马笑泉。马笑泉的《迷城》就在一种从现实中提炼出来的虚拟语境中让我们看到传统文化在政治场域中的碰撞和交融。

故事发生在一座具有历史文化底蕴的县城,常务副县长鲁乐山的死亡事件给迷城蒙上了一层迷雾,他到底是自杀还是他杀?一位深得民心、为民办实事的好官怎么会莫名其妙地于一夜之间抹了脖子又跳楼呢?这个迷城之谜给人们留下了一连串的疑问和思考。而鲁乐山好友杜华章的出场成为迷城的焦点,人们的目光随着他深藏不露的政治思想和闲情雅致的生活而舞蹈。小说的高妙之处在于并没有一味地去追究凶手和侦破线索上,而是由此为引子牵引出官场与民间的文化动态,以及一场欲罢不能的儿女奇情,糅合地方风情和翰墨文化,集家国情怀，行道家思想，展现出一桩扑朔迷离、若隐若现的迷宫式案件。

宣传部长杜华章对生前好友鲁乐山的突然死亡深感蹊跷和痛惜，却又不敢大张旗鼓地去追寻案件真相，身处政坛的他深知政治舞台的云谲波诡，只得在暗处点拨和援助好友的家眷柳医生、学生龚致远去寻找真相和证据，为鲁乐山的灵魂安息尽到他的心力。龚致远为了寻找到老师死亡的真相，不惜辞去公职，南下广东做了一名纸媒记者。杜华章暗暗为他们担心，心情抑郁之时便会去静云轩找他的红颜知己梁静云，他们一起泼墨挥毫、唱和写字，他们有共同的爱好与人生价值观，在书法的艺术审美上也是志同道合，心有灵犀，能抵达心照神交的境界。但他们对家庭和社会高度的责任感又让他们都按捺住自己情感的闸门，只在各自的心灵中坚守这份情感的圣洁与美好。杜华章不仅有书生的儒雅，更有强大的决断力和行动力。他不惧阮东风等后台势力，用睿智的头脑帮助胡矿长捍卫自己的尊严和权利，暗中相助和保护龚致远获得证据，极大地打击了阮东风、高文攻等为首的一些黑恶势力。

小说用穿插式的叙述方式，一张一弛，回忆与现场讲述并行结构，结合逻辑思维，从破解迷城之谜的欲语还休之中提升出基层政坛才子杜华章的精神塑像，谱写了一曲风起云涌之时的剑胆琴声，反映出迷城的古风雅韵与精神文明。故事惊心动魄，扣人心弦，悬疑重重，有福尔摩斯般的情节推理，有道家阴柔之术的精妙运用，同时又从官方和民间两个不同向度解读了传统文化在当代的作用与局限性。

小说的细节丰满，人物形象性格各异。杜华章的深沉睿智，鲁乐山的正直笃实，康忠的老谋深算，高文攻、阮东风的嚣张跋扈，梁秋夫的通透豁达……这些精彩纷呈的性格塑造，作者通过精确的语言、生动的情节刻画得入木三分、栩栩如生，给人留下了深刻的印象。

从语言风格上看，《迷城》的语言醇厚干净，劲道绵韧，与王小波的夸张渲染迥异。但在内涵上，他们强大的思辨力量，结构的精心构建，自由无拘的叙事方式，又不谋而合。在故事情节的叙事推进中，《迷城》又与博尔赫斯的《小径分岔的花园》中的虚构悬疑与曲折迂回相较，马笑泉的叙事风格多了种义薄云天、倚剑行天下的洒脱不羁与笑傲江湖的英雄气概。在巨大的想象空间中，展现出对理想社会的憧憬、构建以及肩负的神圣使命。

故事没有确定性的结尾。米兰·昆德拉说，小说的精神是具有连续性的精神。每一部作品都是对此前作品的回答，每一部作品都包含了所有先前的小说经验。那么湖湘才子马笑泉的这部打磨了数年的开阔厚重之作，用其思辨的深度探求生命价值的尺度，展示出迷城之谜，无底；迷城之谜，有道。这是一种精神力量的延续，是具有中国韵味和精神的文化现象。也许，还会有第二个鲁乐山，第三个阮东风，甚至无数个杜华章，他们在同一时间的不同空间中并存，正义与邪恶、斗争与反抗，在时间的河流中生生不息、永不消逝。就如博尔赫斯的《小径分岔的花园》里所说："在大部分时间里，我们并不存在；在某些时间，有你而没有我；在另一些时间，有我而没有

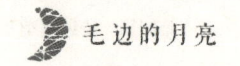

你；再有一些时间，你我都存在。目前这个时刻，偶然的机会使您光临舍间；在另一个时刻，您穿过花园，发现我已死去；再在另一个时刻，我说着目前所说的话，不过我是个错误，是个幽灵。"

道 法 自 然

近读张生全著的由清华大学出版社出版的《不倒翁冯道》一书，令人猛然悟出道法自然的真谛。

"人法地，地法天，天法道，道法自然。"这句出自老子《道德经》的句子，常常令人在现实的生活中感叹世事的无常，叹息天人合一的自然法则，这种道家思想的学说从古至今，源远流长。

《不倒翁冯道》是张生全继《蒙哥大帝》之后的又一部历史长篇新作，张生全用发现历史、回归本真的一种虚幻结合现实主义的写作手法，成功地重塑了这位历史上举足轻重的人物。

这本厚厚的历史长篇小说横跨几个朝代，气势恢宏，场景壮观。

虽然作者设计的是历史故事，但文学味仍然很浓。文风朴实，干练简洁，让人感觉如沐春风。作者的文学想象力异常丰富，里面的人物典型，有着复杂的矛盾冲突，人物情绪饱满、栩栩如生。而情节又由细入微，由小见大，主人公冯道矛盾而痛苦的心理活动被塑造得尤为突出。捉刀火候节制有度，把信奉儒家思想的主人公冯道的宦海生涯的起起落落勾勒得淋漓尽

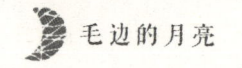

致，活灵活现。

作者用现实主义手法成功地塑造了一个性格复杂、心理分裂、主张正义的人物形象，文章结构紧密，各种人物的出场安排得有条不紊，铺以金戈铁马，浩浩荡荡，仿佛历史风云再现。

冯道的父亲冯良建为冯家第三代书生，他家代代应考，却都未能遂愿，对功名也就灰心失望。于是，他给自己的儿子取名为"道"，字"可道"，用了老子《道德经》最前面的那句，这种悲观的遁世心理正是古代读书人的自我安慰的写照。

从他卑微的出生到科举制度的取消，这个可怜的瀛洲景城乡下的文弱书生饱读诗书，满腹经纶，却无法实现自己忧国忧民的理想。这个时候冯良建不惜卖掉自己的一半田地为儿子买官，瘫痪的母亲为了不拖累儿子毅然自缢而亡。冯道揣着母亲的遗言"孩子，你可要记住了，以后不管发生什么事，功名都是一生中最重要的！"跌跌撞撞地走上那条荆棘密布、九死一生的为官之路。

俗话说，"伴君如伴虎"。冯道凭着自己隐忍坚强的性格，非凡的才能，睿智的行为说话艺术历仕后唐、后晋（契丹）、后汉、后周四朝十君，拜相二十余年，位列三师、三公。

他一生为官清廉，洁身自好，抱着致君尧舜的理想，虽然沉着冷静，却也如履薄冰。当他眼睁睁地看到同窗龙敏因为直谏敢言被打成残疾，忠良之臣孙鹤谏死的惨状，看到同窗李小喜做伶人不可一世、奸诈阴险、以怨报德的丑恶行径，他沉默了。在这个混乱的奸佞当道的时代，他多次被奸人栽赃陷害、被朋友误解，明哲保身的行为被非议为非大丈夫所为。而他并不为自己争辩，而是默默地保护好自己的性命，再去殚精竭虑地为百姓谋太平。在这样特定的历史环境下，他致君尧舜的理想破灭后，便效仿韩延徽用孟子的"民为贵，社稷次之，君为轻"的儒家思想解救百万苍生。一次次在虎口逃生，平天下妙手转陀螺。他辅佐四朝十帝之所以不倒，最后成为四朝元老的不倒翁，与他以退为进以及睿智的行为说话艺术是分不开的，在那种随时都可能丢掉脑袋的混乱朝代，君王残暴，没有冷静的思维与坚强隐忍的毅力是无法做到既要保全自己又要兼顾社稷苍生的，但是冯道做到了，这说明了他非凡的才能与智慧。

他一生的愿望就是统一中原，结束战争。渴望在太平盛世中以文治国，以文安邦，故而力助龙敏完成九部经书的雕版刻印，成为中国大规模官刻儒家经籍的创始人，造福百姓，恩泽天下。而他一生中最伟大的两位女性，就是他的母亲和他从未相见的妻子，是他传奇经历中的悲情之花，为他的为官之路打下了坚实的基础。

在快到七十的时候，他挥毫写下一篇《长乐老自序》，自号长乐老。里面比较详尽地记叙了他的生平与一统天下的美好愿望。然而，令他非常遗憾的是，直到他临终之时还念念不忘《道德经》，却未能如愿见到太平盛世。他终年七十有三。

纵观全书，张生全先生的历史小说格式新颖，没有长篇累牍的繁杂之音，行文洒脱，笔调扎实有度，有着历史的厚重感，有着散文的简洁与质朴之美，糅合了小说丰富多彩的情节冲突与历史沉淀，高潮迭起，把冯道为人为官的传奇人生刻画得入木三分。全文自始至终围绕着一个"道"字展开,诠释了人性的丑恶与复杂。谨劝世人,时刻铭记古人的智慧之书,弃恶扬善,遵循道法自然的社会法则。

　　这部历史长篇通篇来读,明快而又丰满,有血有肉,入口琅琅有声。小说通俗易懂,可读性强,意蕴深远,能融贯古今,令人深思,不失为一部传奇之作。

赤子孤独了，会创造一个世界

"赤子孤独了，会创造一个世界。"这句话可以说是傅雷的墓志铭，也是他留给儿子的家书。而我并不是要说《傅雷家书》，我要说的是他这句话里所蕴含的诗性和诗意，这里面所包含和延展的另一个世界，是内心强大的孤独，是孤独的力量所创造的世界。这种可无限放大的诗性空间，给人们以丰富的想象。

诗人李少君也是有孤独之心的，他的孤独可以理解成另一种立场和立意，是可长可短的故乡，是血肉相融的亲情呼唤，是一种当下与历史之上的多元化构建。他用怀旧与虚拟的方式勾勒出各种故乡，各个不同时代的故乡，各人眼里不尽相同的故乡。他用静态的描摹，通过放射性的触摸，让花草繁荣，牛羊生动，赋予生活中生命之源的流动，表达出一种安静的力量，以及精神层次上的灵肉合一。比如他的《故乡感》——

我和各地的人们都有过交流/他们都有着固执但各异的故乡感/胡同那头射来的一道晨光/映照热气腾腾的早点铺/磨剪子 戗菜刀的吆喝声/……这一切是秋风唤起的故乡感/也有人重点

毛边的月亮

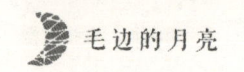

强调阳春三月杏花江南/悠长小巷里打着印花雨伞/结着丁香一样的哀愁的红颜女子/但是，最打动我的是一个游子的梦呓：/院子里的草丛略有些荒芜/才有故园感，而阔叶/绿了又黄，长了又落……

无疑，这淡淡的呓语之中流淌着诗人浓得化不开的乡愁，这种归去来兮的疼痛感搓揉缠绕，那种无以言说的无奈感、沧桑感如鲠在喉，营造出一个游子魂牵梦萦的家园之梦，以及精神贵族的诗歌氛围。似是而非的，会让人想起余光中的《乡愁》来，但这两种意境是不同的，余光中没有在孤独中创造出一个世界，他只是在传统的古典意识中徒留伤痛。而诗人李少君的意境是开阔的，是别有洞天的，甚至是他精神王国中的希腊小庙，那是另一方天地和世界，是现代诗歌中的乌托邦。来看他的《我是有故乡的人》——

我是有故乡的人/我的故乡在东台山下涟水之滨/我每回一次故乡/就获得一种新的打量世界的视角/……这种视角就是涟水河的视角/船来船往藻草繁盛的时节/涟水河里浪花飞溅鱼儿跳跃/河流的本质就是流淌，永远奔涌着激流/我是有故乡的人/每次只要想到这一点/我心底就有一种恒定感和踏实感/那是我生命的源头和力量的源泉。

可见，这首诞生在二十一世纪的诗歌冲出了情绪渲染的潮流，思想簇新，节奏明快，视角独特。一些平凡的生活场景能把人拉到一种特定的环境，仿佛穿越一个时代，唤醒一个沉湎在异地的游子，一次次提醒自己"我是有故乡的人"。

"我父亲今年八十六/但他的思维仍停留在五十年以前……每次，我从外地赶回来，看见他总有些激动/他却毫不惊奇，仿佛我从未离开过家里……"

这字里行间流泻而出的是诗人满满的自信与自豪。尽管也有些许的忧郁意味，但大多是化悲伤为力量，以一种抵达心灵的宁静与柔和之美化解这个时代的愤懑与怨怼之气。在这个需要去寻找诗意的时代，在这个以梦为马的时代，李少君的诗歌在淡定从容之中潜移默化，将我们庸常的生活在时间的河流中注入光芒。哪怕是一个转身，一个眼神，一句朴素的话语，一碗温热的饭菜……瞬息之间都能让人温暖与感动。他温和尔雅的风格，轻轻慢慢的基调，不经意的一次闪光，给人以美的艺术享受。就像一块安静的石头，圆润，饱满，风情万种，深沉，引领时代的另一种潮流。

这里仍然要说到傅雷，傅雷的文字翻译是让许多人自叹不如的。《约翰·克利斯朵夫》开篇第一句，许聪这样翻译：江流滚滚，震动了房屋后墙。韩沪麟这样翻译：屋后江河咆哮，向上涌动。而傅雷这样翻译：江声浩荡，自屋后升起。哪种译文更有意蕴与气魄，不言自明。傅雷译文语言的非凡的张力和简洁令人拍案叫绝，寥寥几字什么都有了，包括意境的美好，气势，力量，且不乏诗意。这让人不自觉地想起李少君的一首

毛边的月亮

短诗《傍晚》——

　　傍晚，吃饭了/我出去喊仍在林子里散步的老父亲/夜色正一点一点渗透/黑暗如墨汁在宣纸上蔓延/我每喊一声，夜色就被推开推远一点点/喊声一停，夜色又聚集围拢了过来/我喊父亲的声音/在林子里久久回响/又在风中如波纹般荡漾开来/父亲的答应声/使夜色似乎明亮了一下。

　　这首短短的《傍晚》会令人想起许多人的傍晚，童年的，中年的，老年的；田园的，都市的，游离在外的。这如许之多的傍晚被定格在那一瞬，就像白纸被钉在了墙上，等待许多的炊烟升起，打马归来，或是推开柴扉，等待夕阳一点点染红摆在石凳上的白米饭。而李少君的那个傍晚在喊父亲吃饭的林子里暮色四合，"父亲的答应声/使夜色似乎明亮了一下"。这温馨而安详的时刻，父亲的答应声使夜色似乎明亮了一下，在这静穆的氛围中轻轻地被注入了一种动起来的力量，就那么一个微妙的动作，达到了一种心灵的和谐与统一。这种从田园到都市的完美过渡，无缝地对接，自然而然地生发，使这短短的傍晚完成了一种自然抵达的使命。就像许多人翻译的《约翰·克利斯朵夫》开篇的第一句，傅雷的翻译就与众不同，给人打下了深深的印记，让人一眼就能记住。

　　傅雷说："赤子孤独了，会创造出一个世界。"这种精神的世界也许每个人都是相同的，而每个人的孤独感也许又是不同的。傅雷的孤独只能是傅雷的孤独，他率真刚直的个性造就了他的孤独，他的孤独又创造出来属于他自己的精神世界。而李少君的孤独似乎来源于内心的更深处，神秘而稠密，朴素又冷静。他用诗意栖居的家园感重建精神上的回归，有一种超然物外的理智，在现实和虚幻之中出没，他的内心是安宁的，又满怀着对理想生活的憧憬。他的理想的自由王国构建在他简朴而感性的线条之上，他的语感和节奏舒缓，带着纯真而自然的梦幻，如一首《抒怀》——

树下，我们谈起各自的理想/你说你要为山立传，为水写史/我呢，只想拍一套云的写真集/画一幅窗口的风景画/（间以一两声鸟鸣）/以及一帧家中小女的素描/当然，她一定要站在院子里的木瓜树下。

道家有言：道法自然，天人合一。作为二十世纪八十年代中期珞珈诗派代表诗人之一，李少君致力于传统诗学与美学的统一，以自由、和谐、柔和、自然为根本，挖掘生活的本真态度，寄寓生命的真谛，延伸诗歌的本质，并且有"自然诗人"之美誉。正如复旦大学中文系教授倪伟说："少君谦逊地将自己的诗称之为草根诗，但其实他的诗却温润如玉，散发着我们这个时代所独有的那种中产阶级气息。这样的诗，是在乱世的喧嚣中对于宁静的向往，是在主体的破碎中对于超然的梦想。"

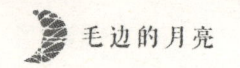

我从山中来，带着兰花草

谢宗玉话不多，斯斯文文，有一卷书生气，样子也颇儒雅。《涂满阳光的村事》第一辑开篇《豆娘》的开头，便能嗅得到他的影子："写下豆娘两个字，我的心就温柔一颤。那种小生灵，瘦削的身子，薄薄的羽翼，温和的性情，怎么看，都有弱质女子的影子，所以我常怀疑，豆娘的前身一定是一个绝色女子，受了冤，又思谋不出报复的法子，今世就化作了豆娘。"这样纤弱、沉静、哀婉、吐气如兰的文字就不由得让人想起一首歌——我从山中来，带着兰花草……

谢宗玉的文字不单单只有温婉之风，他独有的细腻笔触读来让人不自觉地心灵一颤，有一种直达灵魂的柔软之力。从他生长的瑶村，我们还可以看到生命与生灵的咏叹；看到遍地药香，流泻而出的金色的童年；看到往事如烟，少年维特式的烦恼……那些日常的温馨与苦涩、那些童年雪飘都是他亲身体验的生命感悟和精神盛宴。

一直以湖湘文化为特色的湖南作家都有着大地情结，喜欢扎根泥土，透过故乡，去发现与追寻一种精神原乡。其文风淳朴，接地气，又不失各自的乡土特征。谢宗玉的这本《涂满阳光的村事》就有着明显的地域文化特征,譬如,其中的《叫天子》,书名喊"云雀",我们这边却喊"云燕",还有些地方听说是喊"鱼鳞燕"等,不一而足。而他说的"七叶樟""冬茅"等都是闻所未闻的,尽显一方山水、故土风情。还有那些传统文化的节日特征,虽然大同小异,却也有着其神秘而独特的色彩,让人一饱眼福,享受童趣、丰富的地域文化特色以及丰饶的情感世界。

  理论上文字的力量意指升华,当然其中的内涵与情操要能经得起岁月与风雨,心灵经过文字的淬火净化和提升,从而达到一种认知上的和谐美好。而我们的儿童文学自然更当如此。众所周知,周敦颐的《爱莲说》"出淤泥而不染,濯清涟而不妖,中通外直,不蔓不枝",为众人所喜爱。黑格尔也说,理想的人物不仅要在物质需要的满足上,还要在精神旨趣的满足上得到表现,那么这种精神旨趣的满足在我们的儿童文学世界中便是一朵精神之花,丰富着孩子们色彩斑斓的精神世界。湖南儿童文学作家汤素兰的童话《笨狼的故事》打开了孩子们想象的天堂,邓湘子的《像风一样奔跑》通过自己的童年生活构筑理想家园,而谢宗玉的《涂满阳光的村事》便是暖暖阳光下的一株兰花草。

  《涂满阳光的村事》字里行间隐约有女子般的柔婉与纤毫毕现的敏感与灵性。这也许便是作者的匠心独运,刚柔并济,以小见大,运用水晶般的语言、质朴的思想、真挚的情感,折射出灵魂的闪光与人性的关怀。此书分为八辑,每辑各有不同的生命体验与湖湘文化特征,作者用自己的生命经验召唤当代孩子们对美好生活的向往，向上向善、追忆、成长、新生。书中有童年趣事，有情窦初开的少年情怀，有故乡的花草，有乡俗风情……开启孩子们的智慧之门，引领他们走出道路上的风雨泥泞，带给他们精神上的盛宴享受。

活在生灵册中的"桃花源"

陶渊明笔下的桃花源曾一度让人们向往、迷醉，武陵郡的渔夫无意之中发现了一个世外桃源，那里有落英缤纷的美，田园生活的怡然自乐，但当人们真正再去寻找之时竟又了无踪影。于是，桃花源在人们生活中变成了对理想生活的憧憬。无独有偶，当我读了周伟新出的长篇散文精选《乡村书》，竟也如东晋太元年间的那个渔夫一样为眼前突然出现的开阔而震撼，在美妙的桃花源里流连忘返，为之陶醉，不忍归去。

与桃花源相比，周伟的这部由现代出版社出版的《乡村书》除了对理想生活的构建，更增添了一种现实生活中的血肉与疼痛碰撞，理想与现实相结合，真可谓相得益彰。本书于平淡中见经典，于素朴中见深刻；以小见大，以柔弱见坚强；用眼睛探索，用心灵对话。是的，周伟是一位行吟于乡间的歌者，乡野大地到处可见他坚实的脚步与孜孜不倦的追求和渴望。

不得不承认这是一本诚实的乡村书，一卷疼痛的生命册，更是一部灵魂的大地书。在桃花源的背后塑造一群鲜活的草根众像，血肉丰满，力透纸背。那些淳朴坚强、卑微而又带着伤痛的人物形象栩栩如生，而他们又生活在那样一个充满希望和美好的桃花源里，演绎着欢乐和悲苦，真实而美好，仿佛就在我们身边。正如《草生》中所言："人活一世，草生一春。人有生老病死，草有荣枯盛衰。草生一生，火烧不尽，风吹又生。"是啊，泥暖草生，就像有人说的，这是一个儒道兼容的文本。

《大地清明》里有一段话让我们浮想联翩——"我们做晚辈的，依次，一一跪拜下来，跪成一地嫩绿生鲜的蔬菜瓜豆……我偷偷地抬起头来，一眼瞥见奶奶端坐对面。奶奶，还是那般清和、安详，比安详还安详，比温暖还温暖，比美好更美好。"生动形象的书写，让我们不难看到善良而清明的奶奶是所有人的清明，怀念，追忆，新生，延伸至芸芸众生之中，大地清明，人生清明！

《春风桃花土酒》更是引起读者强烈的共鸣，记得读者熙熙天下在博客上动情地评述："读到此文，我如进入了幽远、恬淡的梦境一般。这篇充满泥土气息、乡情风味的文章，字字、句句都说到了我的心坎儿上。那些人、那些事、那些话、那些景、那些情，对我来说是太熟悉不过了，是我脑海中深藏久远的一个梦，是我意识中挥之不去的一段情啊！"是的，春风桃花，一杯土酒望眼生花经年。大地永无乡，心安是吾乡。

从周伟的《乡村书》中，我们看到了村庄的爱与疼痛，看到了那些盛开在内心的花朵；看到了风垛口的老屋承载了从曾祖父辈到作者这代的悲欢离合，承载了农村近百年的历史风云。老屋是静的，我们的脚步却是步步向前。这一静一动，本身就构成了人世的隐喻；我们还看到了枯草上的盐，白花花的，雪花一样纯洁；看到了风沙痕中那些如风的往事，沙砾的沧桑与安定从容，风过无痕，沙如金；看到了屋檐下蠕动的小倮虫，让人忍不住为文中那个倮虫一样的生命掬一把同情，发一声嘘唏；看到了在路上行走的鱼，就是一个个真实的我们，艰难地游走于尘世间；在喧嚣尘上的年代，我们也看到了碎一地的追问：依我来看，这世界说到底是玻璃的，是破碎的，一如我们的生活，我们的青春、梦想、思念、情爱、道义和节操……碎一地。

"一个人走在大地上，当他无法把心靠近脚下的土地，嗅不到故乡的味道，看不见袅袅的炊烟，他是找不到回家的路的。"作者用一种有别于传统散文的写作经验，用一颗干净的莲心，缓缓地展现一地的阳光与金辉；如涓涓的水流，细碎的树影，暖暖的空气。更让人眼前一亮的是他非常接地气的语言方式，原生态的乡野之韵，清新隽永，让人如沐春风，城市的喧嚣和疲惫，功名与利禄，消失殆尽。那份惬意让人仿佛回到了纯真的童年，无拘无束，无忧无虑，天真无邪。有人说，周伟的文字干净到无可挑剔，艺术风格上与荷花淀派的创始者孙犁接近，又保留了自己独有的艺术个性，给人一种全新的阅读体验。

作者用平实而又诗化的语言、活着的生灵展开一幅幅田园画卷，带领我们进入到新的桃花源，让我们知道桃花源不仅仅是和谐美好，还有痛楚与生死并存。他们有血有肉，有欢笑有泪水，他们日出而作，敢于追求，渴望新生。我们能在活着的桃花源里寻找到身边的影子,尽管默默,但真实而清晰。无疑,这也是传统散文中开辟出的新的桃花源,一种全新的现实主义手法,剖析人性,解读人生,是灵魂与精神的在场,是原生态散文的新生。由此,《乡村书》不仅是一部灵魂的大地书、疼痛的生命册,还记录着中国当下的农村改革与物事变迁,更为可贵的是他能打破传统,大胆创新,用独特的生命体验摸索出一条新的道路,让我们看到活在生灵册中的"桃花源"。

当尘世的纷纷扰扰云集众生,当故乡离我们越来越远,《乡村书》让我们又嗅到了故乡的体味,闻到青草与泥土的清香,让我们再一次触摸炊烟,在作者辛勤开辟的这片桃花源里领略到大地之子的精神原乡和灵魂家园。

第四辑 精神重塑

不忘初心的抵达

散文是易写难工的。尤其是反映大时代背景下的人文、地理或有关命运遭际的大散文,其所承载与蕴藏的内涵、美学、哲思、历史的厚重,以及区别于小说的非虚构性等,这些构建的把握与处理真正是"冰冻三尺非一日之寒"。而在人物塑造的命题上,细节的运用又是那么高度的统一。就连那么抽象的诗歌,有时候就是一根发丝般的细微之处串联起丰满的血肉,并能巧妙地点燃星星之火。

当然,无论是哪种文体,都离不开真情实感的流露,散文尤甚。当我读完刘克邦的《自然抵达》,给我最直接的感受便是真情流露,平朴自然,有一种不忘初心的精神主旨和家园回归。

在如今喧嚣与浮华丛生的现实生活中,刘克邦作为一名财政人,耳濡目染的自然是这个社会中的物欲与名利,每天接触和经手的是花花绿绿的大把大把的钞票。而难能可贵的是,他并没有被环境左右、被功利绑架。他以一种追求自我、不忘初心的坚守抵达一种素心的精神境界,他用素心来抵御外界一切的诱惑和浸染,由此,他选择了精神的高贵、生活的钙化。

从他的散文集《自然抵达》中不难发现,他的为人处世,待人接物的生活态度,以及朴实而真挚的思想情怀。他的散文行文流畅,语言平实,与灵性雕琢之作迥异,不施粉黛,不藏拙卖巧,更显出一种为人为文的真性情来。他用生活中的日常,工作中的细微为主线展开一幅幅动人的画卷,用他的真情流露描摹出一幕幕感人的点滴情境,让人不自觉地体味生活中的五味杂陈、喜怒哀乐。

刘克邦的散文叙事简单,真实,自然。取材多是他工作与生活中的记忆碎片,所谓柴米油盐酱醋茶,用平凡的生活糅杂复杂的情愫,寄寓大道至简的生活经验。那些疼痛的生活截面,直面人性的生活磨难,以小见大的生活哲思……在时间的河流里汇集、慢行、奔跑乃至延伸。他的语言虽然平朴,但他善于用细节刻画出传神之笔。譬如《与母夜行山路》,用了一段母子夜行坟地的心理描摹和场景素描,儿子摔伤,母亲为了赶回家给学生批改作业,不得不撇下年幼的儿子独自在后面跟行。在黑灯瞎火的荒山野岭,母子连心,他们一前一后,一喊一答,当儿子摔倒的时候,母亲没有回头,而是告诉儿子"好孩子,勇敢点!自己爬起来!"这些平凡而细微的生活镜像放大了母亲的形象,一位可亲可敬的知识女性的母亲形象栩栩而生。《漫漫风雪路》则描述了一对情深父子的艰难奋斗历程,《芙蓉路上的邂逅》体现了他关注社会底层、悲天怜人的思想情怀,还有《吴老师》《生死之间》《罚款风波》《疤痕》等,都体现出他常怀感恩、坚韧不拔、心清气正的人生态度和耿直忠厚的性格塑造,讴歌平常生活中的平凡之美。

《自然抵达》是刘克邦人在旅途的自然抵达，更是他"冰雪林中着自身，不同桃李混芳尘"的人生风景。《自然抵达》记录了他工作和生活中的点滴感动，生命感悟，人生真谛。凸显出他平凡之中不平凡的不畏艰难险阻的生命轨迹，他自始至终都在用行动诠释生命的意义、精神的高贵。他的字里行间都饱含对生活的激情，对生命的感恩，对信仰的执着。他是用一颗真诚的心在写作，用撕裂的痛感切身体会生活中小人物的命运遭际，敢于盘诘，惩恶扬善，爱憎分明，弘扬正气。用自己的真情实感表达对生活的热爱，用贴地行走的方式追求自己的理想，尽管默默付出，不为人注目，但这种俯首躬耕的姿态，农夫般淳朴的思想，泥土般质朴无华的语言，给身处闹市的人们一种吹面不寒杨柳风的轻松与惬意。

　　刘克邦出身书香门第，是寒门之子，幼年就遭受丧亲之痛，在财政战线上始终保持艰苦创业的工作作风，无私奉献，无怨无悔。在繁忙的工作之余，他笔耕不辍，几十年如一日，坚持不懈，荡气回肠的性情之作给人温暖而美好的阅读体验，让人乘风追忆，跨越苦难，用岁月的波纹抚平昔日的伤痕；让人洗尽铅华，拂去心灵的蒙尘，踏实而安然。是以，刘克邦的《自然抵达》不仅仅是一种心灵合一的精神皈依，更是一种不忘初心的灵魂抵达。

毛边的月亮

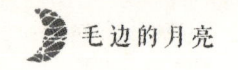

点一盏心灯行远

也许，每个人的心里都有一盏心灯，明明暗暗，闪闪烁烁，星星点点。打开天窗，星星点灯，这盏光亮与人温暖，给人启迪；心心点灯，人生路上，照亮前方的道路，给人导航。点一盏心灯，照亮我们的心，万水千山，登高行远……

诚龙先生的这本新书《心心点灯》让我想起许多年前的如饥似渴的阅读往事。那时候经常光顾读书亭里的《读者》《青年文摘》等书，因为家境拮据，我不能把每一期都买回家细嚼慢咽，只好期期艾艾地望着亭里的老者或阿姨，希望他们能给我时间多看几分钟。我小心翼翼地翻阅着书页，生怕有声响惊动了别人，或者弄皱了书，遭到呵斥。那点点墨香就像牛奶和面包，让我忘记了饥肠辘辘，忘记了回家的时间。而这本《心心点灯》让我重新回到那段美好而难忘的时光，仿佛夜幕下的少年，积攒着体内的冲动。

《心心点灯》荟萃了家常琐碎，古今中外，轶事趣闻，如一碗营养丰富的"心灵鸡汤"。喝着这些精华，人顿时对生活、对人生、对世道、对理想、对大千世界、芸芸众生，不说大彻大悟，也一定是豁然开朗，见佛见心。懂得了生活的真谛与大知之道，参透了人性之中的最深层次的得失与悲喜。

作者行文素朴，却又字字珠玑，古今中外、街头巷尾、其人其事，信手拈来。如一日三餐的家常美味，佐料鲜美，入细入微，煲煮煎炸，口味独特，炉火纯青。七辑美文如一桌色香味俱全的满汉全席，让人眼观色香，入口酥融，健脾益胃。而又内容丰富，素材扎实，从微小见诸大道理，由口入喉，由眼到心，形象具体，层层推进。每篇文章短小精悍，语言老道而具个性，或幽默风趣，或酣畅淋漓，或随心所欲，或娓娓道来……笔法自然而达观，思想睿智而深邃，作者运用各种风格诉诸笔端，从生活中的有机厨房提炼出精品美味，形式多样，活泼生动，又能见仁见智，展现出为人处世之大知之道，大爱之美，大思之情。

诚龙先生手法多变，穿越今古，引经据典，将生活的经验总结为真道理、新道理、深道理。梳理这些细枝末梢，叶脉经络，可以清晰地手持一杯或滋补或清淡或浓烈或驱火的文火炖品，待人细细品味，细嚼慢咽，便能感知真味性情，生之体验，给人暖心暖胃之感，余香绵远。

第一辑中的《父母在，不关机》，体现了对老人的尊重和照顾、体贴与温暖，从细微处体现一个民族的精神文明，儒孝之道不可丢，这种优良的精神与传统千秋百代，代代相承。《夹心生活》中的为人子，为人父，为人夫，为人臣的尴尬与无奈、开心与收获；小故事大道理，生动有趣，经典而又平实，嬉笑怒骂，有理有据，意味深长。第二辑《勇于不敢》里古今中外的思想，件件给人真知，修身养性，让人懂得大是大非，开阔眼界，积累沉淀。后面几辑的经典美文不胜枚举，篇篇脍炙人口，寓意深刻，个中的酸甜苦辣，五味杂陈，真知灼见，洒脱性情，待人慢慢去读，细细去品，方能体味。

《心心点灯》可以说是作者精心酝酿的一坛美酒，倾情奉献的一杯精华。读来其感悟有杂文的启示与深度，有散文的儒雅与大美，有娓娓道来的故事与真理。作品风格纷呈，幽默诙谐，明心见性。文中做人行事的悟道、悟性、悟心；生活的原汁原味，活色生香；精辟的哲理与思索，带给读者美不胜收与受益匪浅的盛宴享受。行文之中无技法无造作，无烦琐累赘，真实自然，经验经典，张弛有度。文章内容丰富，素材典型，言简意赅，让人喝完这碗心灵鸡汤，清心明目，养分充足，沁人心脾，余味缭绕，铭刻于心。

诚龙先生的杂文在全国载有盛誉，这本新书《心心点灯》收集了他生活中各方面的素材典型，古今中外，哲理思考，无不包含其中，从艺术的角度看，那骨骼一样的钙质，像夜晚的天空，笼罩与润泽万物，悄无声息地融入千家万户。

第四辑 精神重塑

一个人的自由王国

　　《我把世界分为村里与村外》是李春龙出的第二本诗集，该诗集素朴厚重，独具匠心。诗集分上半部"牵着我的童年到处跑"与下半部"送你一座纸上的村庄"。上半部回忆童年生活的纯真美好，下半部讲述现实世界的艰辛复杂。180首诗，在村里村外自由穿梭，读来余味良多。读之前，刚好读了刘春的《一个人的诗歌史》。

　　20世纪80年代正值众人追捧诗歌的热潮期，出现了一批著名青年诗人和脍炙人口的作品，像柏桦的《唯有旧日子带给我们幸福》、王家新的《守望》、张枣的《镜中》，还有有着"第三代诗歌"特征的韩东。当然，一个时代造就一个时代的光荣和梦想，在北岛、舒婷、顾城等的影响下，一批又一批优秀诗人如雨后春笋，新诗的自由发挥变得空前繁荣。而源于乡土经验的写作有一段时间是缺席的，无可厚非，这也与农村的历史变迁、城市化进程有着一定的关系。大部分人在经济大潮的冲击下开始下海，逃离土地，走向城市。城市的繁华和灯红酒绿甚至让他们忘却了自己的故乡，对那片生长的土地变得越来越陌生，越来越模糊，甚或冷漠。而李春龙作为"70后"诗

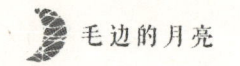

人，20余年来，一直专注于胞衣地大兴村的抒写，并一直保持"不玩技巧为技巧"的方式，留下了许多颇具个性的作品。如《我是一棵姓李的树》——

　　喝酒　打牌　唱歌/在县城的俗世生活里/几乎没有人知道/我一个人在角落里写诗/更没有人知道/我其实是大兴村/冬天里一棵姓李的树/寂寞嶙峋/心里藏着的那些叶和花和果/只待一缕春风过。

　　全诗直观而脉络清晰，一些简单的生活现象经过心灵的淬火变得意蕴丰厚，让人有一种一见如故之感，能够悄无声息地抵达灵魂深处。

　　诗歌作为一种文化现象，总是走在时代的前沿。从古老的《诗经》到唐宋明清的诗词韵律，再到"五四"运动的自由解放，新诗的诞生给我们这个时代注入了跳动的脉搏、新鲜的血液。相对于小说和散文的固定模式，诗歌更显得新颖、活跃、大胆，乃至变化多端、流派林立、先锋超前，容易引领时代的潮流，被人们追捧和赞誉，也易于被时代铭记和传颂。像《一个人的诗歌史》展开的是一幅中国新时期的诗坛画卷，通过对一批著名诗人生活经历和作品的陈述，展现出一代诗坛精英荟萃的文化现象，是一个时代的光辉见证。而李春龙的《我把世界分为村里与村外》包罗了诗人丰富的人生经历和体验，这些独有的生活经验与生命感悟在诗人饱含深情的抒写下也成就了他自己的诗歌史，也是诗人日渐成熟的标志。

每个人都有自己的故乡，但不是每个人都有自己的气味，而个性气味则是构筑一个人自由王国的显著标志。由此，想到了李春龙的一首诗《躺》——

没事外公就喜欢/爬到堂屋神龛下的/黑漆棺木里/双眼一闭/躺一会儿/然后双眼一睁/又爬出来/堂屋神龛下/本来躺有两副棺木/2007年中秋以后/就只剩下一副了/一副棺木躺着/显得孤零零的/在大兴村/外公算得上一个/在生死间/来去自由的人。

在生死间来去自由，这首诗让我们看到了大兴村的一个老人以他独特的方式感受生命自由来去的隐忍与洒脱，也有着他对生命另一半的缅怀。也许，每个人的生活方式不同，生活经验不同，生命感悟不同，但所有生命的归属都是一样的，最终的灵魂和躯壳都只有一种回归，回归自然、回归泥土、回归本真。诗人用平静而朴素的语调诠释了生命繁衍往复、花开花落的心灵回归与复杂过程，以及对于生死这样重大的人生命题做出的简单而经典的回应。大兴村的老人对生死的超然物外在诗人淡定平朴的叙述中如细雨沐浴，润物无声。

诗人用情最深的地方就是这片土生土长的乡土，有纯洁无邪的五朵，有同龄姐妹的辛酸与幸福，有老人们的憨厚悠闲……诗人的笔触始终围绕大兴村，在精神皈依上从未离开。大兴村的悲欢离合，大兴村的山山水水，正如诗人自己说的，《我把世界分为村里与村外》——

毛边的月亮

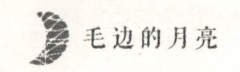

> 在去刘家院子的石板路上/迎面有人/在犹犹豫豫地/喊我的奶号/我也在努力翻找/他的称谓/"和以前大不一样了/都不敢相认了"/然后我们/一同感慨/生活把我/复杂地分为村外与村里/我把世界/要简单地分为村里与村外。

在诗人的内心深处,大兴村就是他全部的世界,他生活的世界,情感的世界,他愿意用毕生的精力为之抒写的世界,由此可见他的执着和眷念。这种执着的乡土情结真实地记录下了新形势下的乡村变迁,以及人们的观念随着历史的车轮碾压出来的时代印痕。诗人同样又是心怀悲悯的,用简单的语调叙述出复杂的情感糅合,对时代的疼痛碰撞和盘诘,那种情感上的宣泄有着一种挤不出来的悲怆。譬如《老同》——

> 友妹和桂妹是亲堂姊妹/同是1968年在刘家院子出生/桂妹小学没毕业/16岁就嫁人生子/然后去广东打工/然后回大兴村砌屋/34岁就当了外婆/友妹一直读到1996年山东大学毕业/先在山东济宁上班结婚生子/然后辗转到四川彭州谋生/然后离婚一个人带着儿子过/2010年友妹回到大兴村/与桂妹拉家常/一个一脸幸福知足模样/一个一头白发丝丝如霜/两个同是2002年出生的小朋友/在一旁称兄道弟/他们还不知道/他们已不是同一代人/友妹是我的亲姨/桂妹是我的堂姨/两个人都喜欢牵着我的童年/在大兴村到处跑。

在这个容易浮躁的时代,不少诗人悬浮在云端,能真正踏踏实实与泥土亲近的诗人并不多见。在"五四"新文学时期出现了艾青、臧克家等诗人,到"第二次解放"诞生了朦胧派代表北岛,然后20世纪80年代诗坛开始活跃,涌现出一批青年乡土诗人。在中国土地革命的前进和摸索中,由于农村的嬗变,乡土诗也变得不是很纯粹,掺杂着改革和农村城镇化的变异、环境的污染、大自然的日益破坏,以及社会经济冲击下的思想转化,这些都让农村失去了从前的美丽和淳朴。在这一点上,李春龙一直保持着农民的儿子的形象,紧贴大地,紧靠花草,呼吸着泥土的芬芳,在大地的怀抱中感受温暖。用在场的真实、朴实的笔调,简单清晰地勾勒出乡村风情画卷;用平静的呼吸、心跳、体温召唤梦想,放逐梦境;用真诚的内心、向上的力量构建心中的乌托邦。在他的诗歌中,仍然保留着农村的古朴、农人的辛酸和敦厚,与城市风格大相径庭。他的创作心态是淡定朴素的,远离喧嚣浮华,能安静地驻足聆听自然万物,拥抱大地。与田园牧歌不同,他行走的方式是直接而干脆的,少有旋律,但脚步专注,心无旁骛,能直抵内心,回归自然。如《喊应》——

雷在高石头岭上喊/雨应声而下/小草钻出绿色/桃花爬上枝头/屋旮旯里沉睡一冬的农具/纷纷惊醒/大面积的春天应声而下/门张开大嘴喊应声回家/小花跑在前面/花黄牯跑在前面/浓浓的暮色跟在后面/应声回家/外婆在对门刘家院子喊/又有好吃的了/只隔一线田垄/我应声跑过/可是现在我再怎么喊/外婆也不会应了。

惠特曼说:"艺术之艺术,词藻之神采,以及文学之光华皆寓于纯朴之中。"纯朴之美,乡土之淳,真诚之爱,皆由心生,正是李春龙对故乡的写照。而对扎根大地、守望故乡的情愫冲动有时候就在闸门张合的瞬间,在那个灵魂开启、灵感汩汩的瞬间,心生向往,电光火石,情感源泉可顺手拈来,水到渠成。就如《喊》——

以前在大兴村/喊妈妈/现在回大兴村/喊老娘/喊着喊着/真的把母亲喊老了/把一头青丝/喊成了满头白发。

老子有言:"大直若屈,大巧若拙,大辩若讷。"李春龙的诗歌正是用其自然的本性,原汁原味地塑造出自己的独特风格,就好像是大兴村永远长不大的孩子,心灵清澈、纯净、天真。大兴村的黑字落于岁月的白纸上,这是他一个人的自由王国,没有人能够取代。行文至此,想起他十年前出的第一本诗集《白纸黑字的村庄》,并期待他的下一本诗集,期待他自由王国里的城堡越修越好。

第四辑 精神重塑

巫水源流长

记得福克纳说过:"家乡那块邮票般小小的地方倒也值得一写,只怕一辈子也写不完。"他毕生专注于自己家乡的写作,创作了十九本长篇小说,几乎是约克纳帕塔法所有人和事的大致轮廓。

读了诗人李卫平的诗歌,他对自己家乡苗疆五峒的抒写,让人强烈感觉到对地域性文化根源探究的必要性。这种历史底蕴深厚的梅山文化与楚巫文化的血脉交融,相辅相成,令人神往,并有一种强烈的神秘冲动。

横躺在湘桂之间的巨人/你的沉睡是一个阴谋/胸前盖着薄薄的草毡/不至掩没硬朗的胸肌/而葱郁和流水一直活跃在谷壑/放飞的鹰操着关外口音/盘旋在空中寻找牛或羊的眼珠/精准和迅疾的俯冲/面对食物暴露出强烈欲望/让我想起你躺下之前的模样/长醉不醒不是你的错/在陡冲头的小溪边/你把全部心血喷成苗文/入摩崖三分。

从《横岭峒》这首诗中可以看出古人的骁勇好战,是武夷蛮还是梅山蛮抑或其他什么蛮？还是苗族远古的鼻祖蚩尤与黄帝之战？那片血染的红枫林，至今能让人们感知到血的温热与残酷。但作为一种文化载体的传承，"你把全部心血喷成苗文/入摩崖三分"，这样的英雄主义的形象是引人入胜的，是值得后人去探索与记住的。诗人在这块小小的交界处制造了一个悬念，留下了巨大的想象空间。久远的年代，蒙着历史的灰尘，灰飞烟灭的战场，战马嘶鸣，盘旋在天空的鹰的俯冲，那个依稀的主体形象在群山之巅模糊却又清晰。

　　人们是热爱自己的家乡的，而每个人热爱的方式和程度又都是有着理性的区分的。当然，无可厚非的，每个人的生活经验都是他人生的那道窄门之中的提炼。经过岁月的洗礼，生活的磨砺，思想的沉淀，那些个人的经验在时间的河流中光芒涌入。可见苗族诗人李卫平对家乡的热爱是独特而执着的。从他大气磅礴的手笔中不仅仅是对家乡地名的诠释，更是一种文化特质的传播。诗人寄寓于山水，用淳朴的心灵去发现和创造，寻找我们这个时代缺失的一种灵魂和精神的在场。在这个喧嚣的时代，在青山绿水之间繁衍生息，安放自己的灵魂。诗人是清醒的，诗人是睿智的，诗人是高瞻远瞩的。诗人有着一颗安静而朴素的心。

　　在不宜人类居住的地方/男孩呆成了山，女孩流成了溪/传说中的金童玉女/被世俗套得仙气全无/好在还有一步十里的两只脚印/证明神仙的脚也是一左一右/还有云雾之间的断壁残垣/证明神仙曾经独宿峒中/两行鲜花一直开到天外/将大道夹在了温柔中间……

　　这首《莫宜峒》给人不一样的感受。诗人的想象是浪漫而空灵的，几丝柔情依依，便有了人间烟火，那是对理想家园的一种憧憬和重建，抑或是另一种精神维度上的追求与向往。诗人与世人一样食五谷杂粮，就好像神仙的脚也是一左一右的。那些只吸取阳光和雨露的世外高人如虚无缥缈的柳絮，风一吹，便难以成形。李卫平的诗给人的是一种双脚落地的踏实和平稳，诗境开阔，籍蕴于斯，刚柔并济，虽然语言平朴，但大巧若拙，展现的是他个人独特的艺术魅力，给人以民族风格和地域性文化标志的鲜明特征。

　　在这片亟待开发的古老而神秘的处女地，李卫平的诗歌给人们提供了更多探究的可能。从另一视角可窥见人性和自然的生态隐喻，譬如《蓬峒》——

　　一顶斗篷被上苍遗弃在楚天/月色从莲蓬喷出，与百越共浴/千年冲积的皱纹间/一种生物猫在这里/将大地啃出了血/在血的滋养下，金光铺满田野/拾级攀上斗篷的边沿/能看见秦弩射出阵阵仇恨/暴雨般淋透了象郡/古田十万从此留给了虎狼熊罴……

　　从生态主义的立场观照，这种复杂的介入方式强调了人与自然的生态平衡，以及各个年代之间的风云变幻与时代变迁。正如李白诗曰："草不谢荣于春风，木不怨落于秋天。谁挥鞭

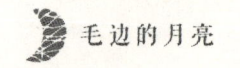

策驱四运，万物兴歇皆自然。"

巫水到这里流成了雉/粗砺的黄土烧成了脸/河面上上演一场戏/戏中的主角泛着孤傲的蓝光……

而《扶城峒》这样精彩纷呈的场景变换又带给人们戏剧般的视觉享受，撩拨着人们善于思考与发现的心灵。以致暗香四溢的楚巫文化，在博大精深的传统文化中脱颖而出，神奇而古老的传说，独具魅力的神秘的地域文化色彩，娉婷窈窕，韵味十足，使人陶醉，给人留下无限的遐想，让人叩问。

春华秋实，诗人脚下坚守的这片土地，在他虔诚而具体细微的躬耕中，梅山香自远，巫水源流长……

听风听雨听花开

我原以为只有女性才有这般的心思细腻与诗情画意的心境,未想到堂堂七尺男儿也有内心斑斓和柔情似水的一面。宁光标在《夜开花》(团结出版社2016年11月出版)自序里说:"夜开花,只开在夜间的花朵,是白色的……从一目了然的阔叶,到深藏内部的细小的种子都在诗中吟诵,夜开花周身都挂满了葳蕤的诗句。"原来夜开花是一种可以用来审美的植物。在它茂盛的阔叶下,幽闭双目,心驰神往,可以听风听雨、听花开的声音,是何等的美妙与惬意!

从《夜开花》中可见作者对春天的情有独钟。像《小约在春季》写了马明和柳兰对爱情春天般的憧憬与渴望,一对年轻人在痴男怨女的感情方面经历了种种的考验。马明对柳兰的坚贞不二,柳兰的明慧善良,生活的磨砺,命运的机缘巧合,最终让美好的爱情有了甜蜜的归宿。《捂春》写了一个新生命的出生,一家子的欢欣鼓舞和寄予希望的平常而琐碎的生活镜像。比如初为人父时那种特定环境下的放大镜像:"接她那天,岳父开着车,我把宝宝轻轻地抱在怀里,看着这个粉嫩嫩肉乎乎的小东西,胸腔涌上一股热气,我知道,这是甜蜜的泪水。雅珍看到初为人父的我那样激动,满含爱意地安慰起来:'人生中,财富再多不如孩子珍贵,角色再好没有当爸妈出彩。苏东坡说得好——无官一身轻,有子万事足。'"作者用大众化的语言真实地呈现出当下人们的生活场景,对生命传承的理念,知足常乐的朴素的民生风情。而《炫烛》《青柚》写的是平凡百姓,用真实而细微的生活场景再现人性的复杂,用具体又抽象的局部描摹体现出人在旅途的无奈和沧桑。

总体来看,宁光标的小说集《夜开花》的构思比较意象化,倾向于散文化的叙述,诗意浓郁,叙述流畅,脉络清晰。在某些方面,作品的逻辑思维淡化了日常生活中的惯性。略感意犹未尽的地方,便是小说的精神主旨及提炼,就好像一座园林,郁郁葱葱,枝繁叶茂,藤萝蔓延,而当树荫过多时,又很渴望阳光的沐浴,如用上园艺工的工具稍作修剪应该又会是另一番风景了。

作为小说这种以叙述事物为创作手法、以营造典型性为审美特征的文学创作体裁,一般是以塑造人物为中心,主要是用来反映社会生活与思想的一种文学载体。因篇幅的制约,小说细分下又有三种文体——长篇、中篇、短篇。有作家说,长篇小说是一位饱经沧桑的八旬老妪,中篇小说是一位风情万种的半老徐娘,那短篇小说就是一位妙龄少女。我觉得这样的比喻真的是恰如其分的,非常客观地解析出小说的结构框架、思想内涵、人物塑造等各方面的关联及妙处。当然,如能把这三种文体驾驭好,那也是要相当的功夫了。莫言说,写小说就是讲故事,看你如何把这个故事讲好了,这个小说就成功了。而在中国现代小说发展史上，以汪曾祺等为代表的散文化小说正风生水起，呈现出一种空前的繁荣。虽然对这种文体的出现当时还有些褒贬不一，但作为现代小说新时期的探索，"散文化"小说成为一种独特而新颖的小说风格，为传统文学的发展提供了源源不断的新生力量与精血。

在传统文学上，小说的魅力与地位一直在人们的生活中占有较大的比重。但无论是何种叙事，是讲故事还是散文化特征的风格小说，只要能炉火纯青地表现出社会与人物的矛盾冲突，精神重量，思想感悟，个性特色等等的书写，那么就一定会是好的小说和作品。相较而言，散文化小说的制高点更倾向于语言的发挥，能用语言营造氛围，做到"形散神聚"，在整体的意蕴流动上给人一种美的气场感，并且又能使人感悟到时代与命运的旋律与碰撞，以及世间万象、草木情怀，反映出社会中的生命个体在精神之上的迷惘与追求、沧桑与回归。

宁光标的小说集《夜开花》在文本的艺术表现上，能给人一种美感，一种浪漫而诗意的寻找，一种孜孜不倦的追求与精神倔强。在我们茶余饭后，在一隅的安静中，仿佛能看到一个人正默默地躬耕，用探索的脚步小心翼翼地前进，在阳光下，在夜幕中，听风听雨、听花开的声音。

毛边的月亮

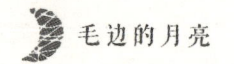

田园牧歌与走不出的乡愁

　　传说每个人活着的时候都会流泪：因喜，因悲，因痛，因愁，因爱，因恨。孟婆将这些一滴滴收集起来，煎熬成汤。在他们离开人间、走到奈何桥的时候，让他们喝下去，忘却活着时候的爱恨情仇，干干净净地进入六道，或为仙，或为人，或为畜。而这种生死轮回的自然观照，总与我们生生不息的故乡有着千丝万缕的牵连。那乡村的风，乡村的土，乡村的人，在多年以后仍然清晰无比。也许，万物草木间，来来去去，一切活着的命脉相承，都只是生命的一个过程。多少年来，故乡，在每个人的心里都是一幅持久弥香的风景画，一首一咏三叹的赞美诗，一腔魂牵梦萦的安眠曲，一碗奈何桥上的孟婆汤。

　　当然，在故乡，故乡在，是一种无法言说的幸福抑或疼痛，亦是每个人的灵魂回归，尤其是多年离乡的游子，更是一种灵肉合一的心灵洗礼。当睹物思人，当物是人非，只有故乡能使人心灵清澈，能召唤远归，能让灵魂寄托与重生。如此，从周伟的《望乡曲》中能深刻体味到这种难以割舍的情愫。

　　"一两星星二两月，三两清风四两云……我念叨着一首童谣。泪眼朦胧中，怎么走我也走不出我的土语之乡。"从这句诗性洋溢而又感情沛然的话语中，可见我们熟悉而纯真的童年，更见出作者对故乡的依恋和血肉交融。

　　周伟的《望乡曲》中不仅只有田园牧歌式的美好与和谐，更多的是对身处乡村底层民众的悲天怜人的大爱情怀。他笔下的勤劳而饱经风霜的晚奶奶，病怏怏的三伯，贫穷、愚昧、对现实生活无可奈何的三娘，对童话般的爱情憧憬和坚贞守望的中宝叔，甚至那只死守老屋和主人的忠实的老黄狗，这些悲苦的生命形象在他的笔下入木三分，栩栩如生。他用一种亲身介入与体验的方式融入其中，在如今多元化的乡村场景和精神困境之中勾勒出故乡的不被关注的一隅以及那些沉默的灵魂的叹息。在历史变迁和时代洪流的大背景下，他将目光锁定在这些弱势群体的命运遭际上，乡村的凋敝与令人痛心的无奈和煎熬，在他的笔下透出一股苦苦的汁液，和着明朗的阳光萦绕在村庄周围，生动而凄美，却又能让人感知到那股巨大的悲情力量。深刻地体现出对乡村的传统主义的伦理观、价值观、生活观的人道主义关怀和同情。譬如："三娘的屋，矮塌塌的，三个垛子的土砖屋。'哐当'一声，门板开了。走出来的三娘手上提了一个药罐子，热气腾腾。三娘看到我，一下子窘迫极了。脸上忙堆出几丝笑，看看药，看看我，再看看药，说了句：'煎熬呢。'再无话。这时，里屋的三伯轻轻地'唉'了一声。三娘转身，和着一团药气飘到里屋去了。我不愿进到里屋去，听娘讲，里屋的三伯躺在床上三年多了。听娘讲，三娘一门心思图省钱，美其名曰'亲上加亲'，娶了她娘家老兄的女娃做儿媳妇，生了个残疾的女娃。三娘硬逼着再生，终是添了个带把的崽,却咿咿呀呀说不清话。"这段简短的叙述即可见汪曾祺式的语言美,又把人物生活与环境遭际描绘得淋漓尽致,力透纸背。

著名的表现主义作家卡夫卡说,不可能存在没有真实的人生,真实恐怕就是指人生本身吧。卡夫卡的话有力地佐证了在当下的现实主义生活中,人们对生命真谛的理解与感悟,尤其是城乡二元对立的公开与边缘化景观。乡村社会在历史潮流的变革中,在通向现代主义文明的进程,大大缩减了人们心灵上的精神缺失,就像周伟的《望乡曲》中——"乡村,只有乡村才是一种大智慧、大宽容,只有乡村才证明了我真正的存在,存在也是一种拥有。"这是一种睿智的生命体验,真正的存在也就是真实的人生吧。而周伟用乡村这个无形的大磁场吸引无数的生命个体,拓展出生命的深度,泥土的厚重和人生之哲理。是的,乡村是我们立于天地之间的灵魂之根,用周伟的话说,是能颜色的女人,是立得起的男人。我们每个人都有袅袅的故乡,故乡以各种方式潜入我们的身体、精血以及灵魂;故乡是不死的,是命脉与精神的延续,在每个人的生命中生生不息,轮回传承。而每个人的生命经验与感悟又是不尽相同的。但有一点,所有活着的生命都会有一个共识,那便是我们生活的本真态度,我们人生本身的真实才是最能有效的证明。而这一切的人生奥秘,生命真谛,周伟用了一句简单的乡村土语就做出了最好的诠释——"要回来喽。呷饭离不开老屋场,升天离不了老祖坟……忽地,有一句话'嘭'的一声掉在我的面前:挣到底,不就是一块晒垫宽的地方!"

记得老舍说过,没有民族风格的作品,是没有根的花,它不但在本乡本土活不下去,而且无论在哪里都活不下去。哲人的智慧,加上孩子的天真,或者就能成个好作家了。从周伟的《望乡曲》《乡村书》《乡间词韵》等一系列作品中,我们不仅能直接体验到中国传统文化以及地域性特色的鲜明特征,还能领悟到他孩童式的纯真与哲人的智慧。除此之外,周伟的作品还能给人一种田园牧歌式的诗性光芒,以及对时代的叩问与对乡村底层的人性关怀的闪光。一个成熟的作家能用孩童般清澈的眼睛展示真实而多义的人生,用哲人的智慧去解剖丰饶与复杂的人性,也许,这便是文学艺术上的心灵共振,是一种历久弥新的创作经验与文学魅力。

汪曾祺说,探索一个作者的气质,他的思想(他的生活态度,不是理念),必须由语言入手,并始终浸在作者的语言里。无论是小说还是散文都可见语言的重要性,而周伟的文字可以说是干净到无可挑剔,他的语感能够准确地把握时代的脉搏,在文学艺术渲染的功力上能达到令人灵魂震撼的效果,语言上的技巧运用得炉火纯青。不仅如此,他的语言还具有泥土烧铸的各种模样,可谓千姿百态,风格各异,能瞬时拉近心的距离,令人无比亲切和动容,同时还有思想上的创新与奥义。比如《望乡曲》中描摹五伯的一段话,"我问:五伯,还看书吗?五伯说,也看,也不看。再说,要想看,乡村旮旮旯旯哪儿不是书?比如说,你眼前的这些家伙,就是一个个文字和符号。我死劲儿地往眼前的农具堆里瞧,可实在瞧不出什么。我求助地望着五伯。五伯讲,亏你还是个读书人呢!你想想,镰刀不是一个问号么？我一下子得到启发，哦，哦，锄头是顿号，灰筛是句号，扁担是破折号，耙是省略号……牛鞅呢？五伯满意地点点头，把牛鞅拾起来，套在自己的肩上，说，看，像不像个书名号？我看着驼背的五伯套着牛鞅站在那里，眼里滚落一滴东西，忙抬头去看远方，远方一声长长的车鸣响起。我走了，揣上一个土语的乡村上路了。"

毋庸置疑，周伟是一位行走在乡间的歌者。他用自己的心血浇灌和捂热大地荒芜而苍凉的胸膛，执着地坚守在乡野大地，勤奋耕耘，用心灵去探索与发掘大地蕴藏的宝藏。他以自己独特的视角，精神的在场，默默地扎根泥土，以一以贯之的淡泊宁静远离闹市的喧嚣。他是安静的，有着孩子气的天真与哲人的思想深度。他又是孤独的，用他内心强大的一面哺育出高贵的精神之花。他独特而非常接地气的语言风格给人清新隽永、活色生香、耳目一新的精神盛宴享受，给人以一方山水的文化传播的印记，使人记住与深刻。有人说他的文风与"荷花淀派"的创始人孙犁的创作风格相似，虽多风趣，却又不落轻佻，而我以为，周伟是博采众家之长，再独创专修成自己的正果的。在当下乡土散文的写作中，周伟对大地的宏大而痛感的叙事和深刻书写是值得载入史册的，周伟对乡土散文的情结是一种高贵的精神孤独，可以说周伟散文给新乡土散文输入了源源不断的精血和活力，他不断地深入生活，勇于开拓和创新，更是新乡土散文的再生。